傷ついた世界の歩き方
──イラン縦断記

François-Henri Désérable
フランソワ=アンリ・デゼラブル
森 晶羽［訳］

白水社
EXLIBRIS

傷ついた世界の歩き方　イラン縦断記

L'USURE D'UN MONDE
Une traversée de l'Iran
by François-Henri DÉSÉRABLE

All the photographs reproduced in this book were taken by the author.
This book is published in Japan by arrangement with Éditions Gallimard,
through le Bureau des Copyrights Français, Tokyo

逆風に髪をなびかせるイラン人女性たちに捧ぐ

目次

「何もかもがうまくいかないこの町で、僕らは歓待と厚意、繊細、協力といったものを見いだしたが、何もかもがうまく機能している僕らの町をイラン人の二人組が訪れたとしても、僕らほどの幸運に恵まれることはないだろう」

『世界の使い方』、ニコラ・ブーヴィエ（山田浩之訳、英治出版、二〇一一年）

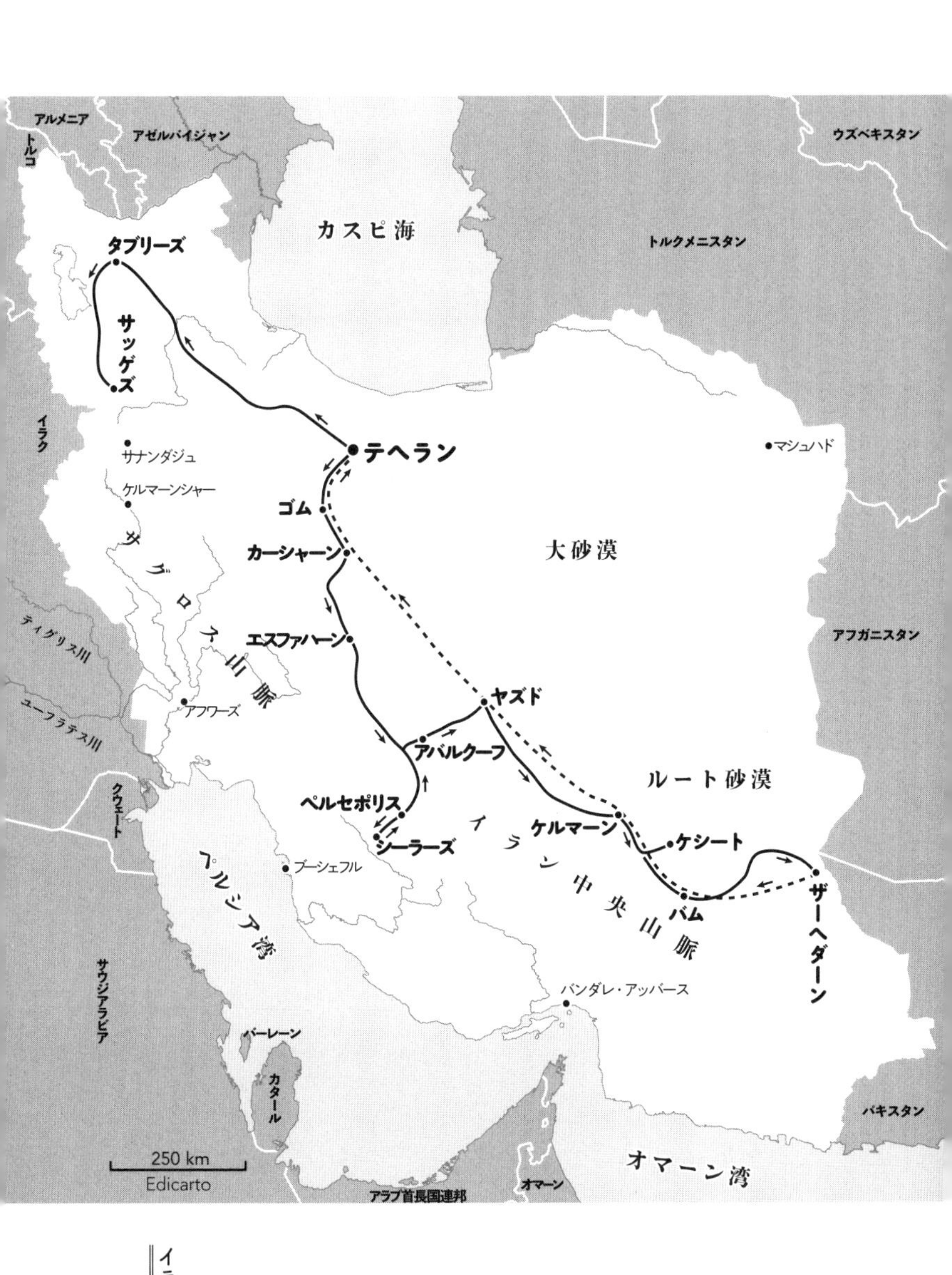
アルメニア
アゼルバイジャン
トルコ
ウズベキスタン
カスピ海
トルクメニスタン
タブリーズ
サッゲズ
イラク
テヘラン
マシュハド
サナンダジュ
ケルマーンシャー
ゴム
カーシャーン
大砂漠
ザグロス山脈
ティグリス川
エスファハーン
アフガニスタン
ヤズド
ユーフラテス川
アフワーズ
アバルクーフ
ルート砂漠
クウェート
ペルセポリス
ケルマーン
ケシート
シーラーズ
イラン中央山脈
ブーシェフル
バム
ザーヘダーン
ペルシア湾
サウジアラビア
バンダレ・アッバース
バーレーン
カタール
パキスタン
250 km
Edicarto
オマーン湾
アラブ首長国連邦
オマーン

イラン縦断マップ

「デゼラブルさんですか」

僕は知らない番号から電話がかかってきても出ることにしている。謎は解き明かすべきだと考えているからだ。といっても、ほとんどがくだらないセールスなのだが、携帯電話の画面に知らない番号が表示されても、僕は応答する。

「フランス外務省領事サービスセンターの者です。イランへの旅行を計画されているようですね。はっきり申し上げます。イランへの渡航はやめてください。フランス外務省は、イラン全土を退避勧告のレッドゾーンに指定しています。イランに在留するフランス人はほとんどいません。残っているフランス人は、退避中か勾留中です。現在も複数の同胞がイラン国内に監禁されています。旅行者が恣意的に逮捕されて拘束される恐れはきわめて高いのです。逮捕されると、スパイ行為、反乱の煽動、政権転覆の画策など、適当な理由がつけられて証拠書類が作成されて断罪されます。イラン当局は動機をでっち上げるのです。フランス領事の保護は受けられず、刑務所で領事と面会することもできません。ようするに、フランス政府はほとんど何もできないのです。したがって、一年、二年、一〇年と牢獄で過ごすことになります。デゼラブルさん、聞いていますか」

「いや、そうはいっても……」

「デゼラブルさん、イランは法治国家ではありません。渡航は中止してください」

「そうしたいのは山々なのですが……」

このとき、チーフ・パーサーのアナウンスが始まった。

「皆様、おはようございます。機長をはじめ、乗組員一同、皆様をテヘラン行き当便にお迎えできることを大変嬉しく思っています。シートベルトをお締めいただき、携帯電話など、電波を発する電子機器は機内モードに設定するか、電源をお切りください……」

「デゼラブルさん、私の話を聞いていますか」

パリ－テヘラン

まずは、ビザを取得する必要があった。余裕をもって出発の六〇日前に手続きを開始したが、イラン大使館の指定する面会日は、何と六か月後だった。ところが、イラン大使館にコネのあるエージェントなら三日で手配できるという。とある銀行口座に四〇ユーロを振り込めば、イラン大使館での面会を数日以内に取りつけるというのだ（ただし、送金目的の欄に「イラン」と記入しないこと。記入すると受け取りを拒否される）。この半合法的な賄賂が功を奏し、振り込みから三日後、僕はパリのイエナ大通りにあるイラン・イスラム共和国の大使館を訪れることになった。

大使館の入口は裏通りにあった。手荷物と携帯電話を預けると、住民登録、パスポート、社会諸事、ビザの四つのなかから目的の要件を選び、番号札を受け取る。部屋には二十人ほどが待っていた。ビザの申請は僕だけだった。僕は女友達から「何か質問されたのなら、間抜けの振りをするように」と忠告されていた。「デモですって、一体何があったのですか」。僕は、質問には正直に答えるべきだと思っている。とくに、パスポートにスタンプを押す役人を馬鹿にしてはいけない。だから、職業を尋ねられたら「作家」と答えただろう。この職業はソーセージ屋と肉屋が似たような職業であるように、ジャーナリストに近い。この時期、イラン・イスラム共和国は、ジャーナリストへのビザの発給を停止していた。それでも入国したジャーナリストには部屋と食事が提供されたのだが、それは檻の中だった。「なぜ、この時期にイランを旅行するのか」と尋ねられたのなら、僕は真実を答えただろう。すなわち、僕にとってイランへの旅は長年の念願であり、ニコラ・ブーヴィエの足跡をたどることなのだと。

一九五三年六月、ブーヴィエは友人ティエリ・ヴェルネとベオグラードで合流する。ブーヴィエは二十四歳、ヴェルネは二十六歳。ジュネーブ育ちの二人は、中学校時代に知り合った。ブーヴィエは文章を書き、ヴェルネは絵を描く。彼らの旅の手持ちは、おんぼろのフィアット「トポリーノ」〔「小ネズミ」の愛称がつけられた超小型車〕、二年間という月日、四か月分の現金だった。

「漠然とした計画だが、こんなときには、とりあえず出発するだけだ。〔…〕欲求が常識を凌駕するとき、人はその理由を探そうとする。だが、きちんとした理由など見つかるはずがない。何かをしたいという強烈な衝動に、正しい名前をつけることなどできない。自分の中で何かがふくれあがると、舫（もや）い綱をほどき、自分の決断に自信をもてなくても、思いきって旅立つことになる」。

二人の若者は、バルカン半島、アナトリア半島、そしてかつてペルシアと呼ばれたイランを横断し、パキスタンのクエッタにたどり着き、一年半後にカブールで別れる。ブーヴィエがこの旅の出発から一〇年後に執筆したヴェルネの挿画入りの旅行記が『世界の使い方』[1]だ。

二十五歳くらいのとき、僕はブーヴィエの旅行記を読み、大きな衝撃を受けた。この読書から、世界の真の大きさと同時に世界の鼓動を感じた。僕は、広大かつ崇高であり、恐ろしい世界を何も見ていないことに気づかされた。このときから、旅は美しく、うっとりとさせる響きを持つ言葉になり、「旅に出なければ」という強迫観念を抱くようになった。しかし、放浪の旅に出てから三か月後、六か月後、一〇か月後には、定住民の生活に戻ることを甘受しなければならない。月日は流れ、わが青春は沖合に出た。バックパックは物置の奥で埃をかぶっている。

1 ニコラ・ブーヴィエ『世界の使い方』（一九六三年、二〇一四年）〔山田浩之訳、英治出版、二〇一一年〕。

ある朝、再び旅立つ。道すがら、生涯守るべき掟を導き出す。それは、人生の半分はこの世界を見るために、そして残りの半分はこの世界について書くために費やすことだ。

ニコラ・ブーヴィエの『世界の使い方』は僕の聖典になった。聖ニコラが説く、人生という道の福音書だ。ある春の日の午後、ジュネーブ郊外のコロニーにある緑色の雨戸のついた白い家で、僕はブーヴィエの末っ子マニュエルと会った。マニュエルによると、ニコラはドビュッシーを聴きながら黒色のフェルトペンを使って左手で執筆していたという。ニコラの地球儀と蔵書、そしてサイン入りの『世界の使い方』(物悲しくも心温まる昔話)を見せてくれた。それから、マニュエルとともに聖ニコラの墓参りをした。地面に墓石はなく、砂利が敷いてあるだけだった。小さなプレート(ニコラ・ブーヴィエ、一九二九—一九九八)、長方形をなす四枚の枕木、ブリキでできたフィアット・トポリーノのミニカー、そして丸石が置いてあった。その丸石には「そして今日、ニコラはわれわれに世界の使い方を教えてくれる」と記してあった。二〇一九年五月十六日、僕は一年後に彼の足跡をたどる旅に出ると誓った。イランを旅することにしたのだ。

その翌年、新型コロナウイルス感染症の流行のため、フランス国民の暮らしは軟禁状態に陥った。外出はやむをえない用事がある場合に限り、マスクを着用して一日一時間以内と制限された。不要不急の商業施設は休業になり、国境も閉鎖された。イランに渡航できるようになったのは二〇二一年の秋だった。だが、このとき僕は小説を出版したばかりだったので、長旅に出ることができなかった。それで出発は二〇二二年末となった。

二〇二二年九月、コルデスターン州出身のイラン人の若い女性がテヘランで暮らす弟を訪ねた。パトロール中の二人の警官は、彼女のヘジャブの着け方が不適切と見なし、彼女を警察車両に乗せて連行しようとした。連行する理由は「不適切な服装」だった。彼女の弟といとこは抗議したが、警官たちは「服装に関する法律を守るように一時間ほど説教するだけだ」と言い残した。しばらくして、彼女は病院に運ばれていた。昏睡状態だった。警察当局は、「何もしていない。彼女には触れてもいない」と主張した。二十二歳という若い女性によくあるように、バラの花がしおれるように勝手に倒れたというのだ。頭部CT検査の結果、頭蓋骨骨折、脳出血、脳浮腫が確認された。これらすべての症状は、頭部を何度も殴られたことを示唆する。同じ警察車両で連行された他の女性たちは、「警察官たちは、彼女を車内で罵り、留置所に着くと、意識不明になるまで殴った」と証言した。数日後、イランのコルデスターン州サッゲズでは、この女性の葬儀をきっかけに抗議デモが起こった。警察が鎮圧したが、マフサ・アミニの名前は、テヘラン、エスファハーン、マハーバード、タブリーズの街角、広場、大学で囁かれ、ついに国中で叫ばれるようになった。そして全国各地で思いもよらぬ光景が繰り広げられた。

シーラーズでは、ヘジャブを手にした少女が車のボンネットの上に立ち、「独裁者に死を」と叫んだ。ケルマーンでは、女学生たちが自分たちのヘジャブを火に投げ込み、炎の周りで踊った。テヘランの高校では、ヘジャブを脱ぎ捨てた女子生徒たちがハメネイ師の写真に対して中指を立てた。イラン全土では、女性たちは髪を風になびかせ、石を手にして体制に闘いを挑んだ。しかし、体制が彼女らの怒りを傍観するはずがなかった。蜂起が始まってから八週間後、死者の数は三二四人に上った。そのうち、四七人は子供だった。ガズヴィーンでは、ジャヴァード・ヘイダリー〔マフサ・アミニの死に対する抗議運動中に警察当局に殺害された男性〕の女きょうだいは、自身の髪の毛をハサミで切り落とし、彼の墓に捧げた。ケルマーンシャーでは、ロウヤー・ピラーイー〔女性活動家〕は頭を丸め、自身の髪の毛を握りしめ、母親〔マフサ・アミニの死に対する抗議運動中に警察当局により射殺〕の墓前で仁王立ちした。そしてわずか二か月間に、およそ一万四〇〇〇人がイスラム共和国の牢獄に放り込まれた。そこには四十人ほどの外国人も含まれていた。たとえば、サッカーのワールドカップを観戦するためにカタールまで徒歩で行く予定だったスペイン人の男性は、旅の途中でマフサ・アミニの墓を訪れ、投獄された。また、イラン人の民衆の勇気に感銘を受けたとインスタグラムに投稿したイタリア人女性も投獄された。

テヘラン行きの機内で、僕はびくびくしていた。乗務員を除くと、外国人は僕だけだった。到着時にどんなことが待ち受けているのかは、見当もつかなかった。ビザを取得しているとしても、入国できずに追い返されることだってあるだろう。あれこれ考えないようにしたが、機内では一睡もできなかった。着陸二〇分前になって意識がはっきりした。左隣の男性は、腕時計を現地時間に合わせていた。テヘラン時間は二時半過ぎ。右隣の女性はヘジャブで髪を覆った。イラン領空に入ったのだ。

イマーム・ホメイニ国際空港の入国審査の外国人窓口カウンターには誰もいなかった。イランを訪れる外国人はいなくなったのだ。無表情で対応する税関職員の顎には、布製のマスクが引っかけてあった。僕のパスポートを無造作にめくり、ビザの貼ってあるページを見つけると、すぐにスタンプを押した。この役人はウイルスに対するのと同様、目の前にいるフランス人に対しても無防備だった。ようこそ、テヘランへ。

安宿のフロントでは、ヘジャブで髪を半分しか覆っていない若い女性が僕を迎えてくれた。彼女は僕のパスポートのコピーを取り、部屋の鍵をくれた。部屋に入って荷をほどくと、空腹であることに気づいた。

中世の安宿の扉には「泊まるのなら食事をすること」という文句が貼られていたという。

食事を望まない旅人の宿泊はお断りだったのだ。僕なら喜んで食事を注文しただろう。腹ぺこの僕なら、イラン全土を平らげ、デザートにクウェートも頼んだはずだ。だが、まもなく深夜になる。まだ開いている店が見つかるとよいのだが。厨房を覗いてみたが、鍋は空っぽだった。食堂を兼ねた玄関ホールでは、二十五歳くらいの若い男がスパゲッティ・ボロネーゼを食べていた。僕が物欲しげに彼の皿を見ていたのに気づいたのだろうか。彼は半分残っていたスパゲッティを僕にあげると言った。僕は固辞したが、彼は「自分のものはあなたのもの」と食い下がった。彼の名前はサイードだという。

スパゲッティを分けてくれたサイードは、僕に興味津々だった。「どこの国から来たのか」「旅行の目的は何か」「どの街に行くつもりか」「どのくらい滞在するのか」と矢継ぎ早に質問してきた。そうした態度は、外国人に出会うと相手について知りたがるイラン人のおもてなし精神の表われなのだろうか。次に、話題はこの国の政治になった。サイードは「マフサ・アミニの事件、そして反政府デモを知っているか。フランス人はこの事態をどう思っているのか。自分はデモに参加したし、これからも参加するだろう。イラン国民は体制を何としても崩壊させなければならない」とまくしたてた。サイードが熱心に語りかける間、部屋の鍵を渡してくれたフロントの若い女性は僕に対し、最初は密かな、そして次第にあからさまな眼差しを送ってきた。僕は見られているいると感じ、居心地が悪くなった。

僕は、愛と誘惑のメカニズムに関する自身の乏しい経験から「彼女は僕に惚れた」と推察した。ピンク色に染まった頬、訴えるような視線、戸惑う仕草、ペンをわざと落として僕の関心を引こうとする行為。そして適当な口実を見つけては、僕らのテーブルに近づいてきた。最初はテーブルを拭き、次は「飲み物はいかがですか。ミネラルウォーターやコーラならありますよ」と声をかけてきた。もう間違いない。彼女は僕に一目惚れしたのだ。僕の話相手がトイレに行くために席を外すと、彼女は僕の前に現われ、二つ折りの紙切れを僕に手渡した。慎ましい彼女は、この大胆な行動に自分でも驚いているに違いない。しかし、そのほとばしる感情を抑え込むことはできず、僕に訴えたのだろう。チラッと見ると、したためた文字は乱れていた。サイードがトイレから戻ってくると、彼女はすぐにフロントへ戻った。すると今度は、僕らに背を向け、パソコンの作業に没頭した。無関心を装ったのである。相手の関心を引くための確かな技法だ。サイードは、途中だった会話を再開した。

彼は、「イランのムッラー〔イスラム法学者〕をどう思うか」「デモに参加するつもりか」「連絡先を教えてほしい」などと聞いてきた。すると、彼の携帯電話が鳴り、彼は「ちょっと失礼」と断ると、電話の相手と話し始めた。この間、僕はフロントの若い女性が慌(あわ)てて記したメッセージに目を通した。

気をつけて。その男は政府の手先かもしれない！[2]

2 Beware! This guy: maybe government agent!

テヘランの安宿

　宿泊客にヨーロッパ人はあまりいなかった。ＥＵ加盟国が自国民にイラン・イスラム共和国への渡航を自粛するように要請したため、一週間ほどのテヘラン滞在中に出会ったヨーロッパ人は、二十二歳のドイツ人マレクだけだった。ぼさぼさの金髪、すきっ歯、澄んだ青色の瞳のマレクは、人生の荒波に翻弄されたのか、自分がなぜここにいるのかを理解できない様子だった。三か月前、新婚旅行で訪れたイスタンブールのタクスィム広場にある青果市場でのことだ。彼の新妻は、自分は別の男性を愛していると打ち明け、今から一人でミュンヘンに戻ると告げた。マレクは気が動転し、両手に抱えていたスイカを落としてしまった。

ドイツの小説『若きウェルテルの悩み』を読み、ボスポラス海峡に身を投げる決心をした。二日間悩んだ末、思いとどまった。スイカを目にすると涙が止まらなかったが、だからといって、自殺することはないだろう。新妻は彼を気遣ってか、結婚を解消するにあたって婚約指輪を返してくれた。バザールの宝石商にこの指輪をたたき売ったお金で自転車を購入した。一日五〇キロメートルのペースでアジアを横断し、インド南端のタミル・ナードゥ州まで辿り着いた。マレクの同郷人の哲学者ヘルマン・カイザーリンクが語ったように、世界各地への旅は、自身が己の存在へと至る最短ルートだ。ペダルを漕ぐにつれ、悲しみは薄れた。脚が痛くなると、心の痛みは和らいだ。

安宿のおもな宿泊客はイラン人であり、パキスタン人、それにアフガニスタン人の姿もあった。カブールからバスでやってきた七人のアフガニスタン人たちは、いつも自分たちだけで固まって行動し、警戒心が強く、何かに怯えている様子だった。彼らの様子を端的に言い表わすのなら、少し陳腐だが「互いに助け合う」というところか。毎朝、彼らは固まって朝食を取り、メキシコ大使館へ出掛けるときも全員一緒だった。結局、彼らはビザを取得できたという。メキシコ大使館は、書類審査と称して彼らを少し待たせたが、彼らのメキシコ滞在は一時的だと知っていた。その後は、アメリカ人どもの問題だと見抜いていたのだ。

アフガニスタン人には集団で行動する七人に加え、一匹狼の八人目がいた。彼は英語を話した。奨学金を得て、アーカンソー州のフェイエットビルに留学したという。カブール育ちの彼がニューヨークを夢見てアメリカに留学したらバイブル・ベルト〔アメリカの南部および中部のキリスト教保守派が多く住む「聖書地帯」〕にいたというのは、パリを夢見てフランスに留学したらバイブル・ベルトよりも休火山は多いがレッドネック〔野外労働で「首すじが赤く日焼けした」白人貧困層〕は少ないオーベルニュ〔フランス中南部〕にいたというところか。フェイエットビルには二年間いたそうだが、ウォルマートがあったこと以外、何も覚えていないという。陽気でおしゃべりなハビーブは筋肉マンだった。三十歳の彼の腕は僕の太ももと同じ、そして彼の太ももは僕の胴と同じ厚みだった。ボディビルは職業ではなく単なる趣味なのだが、真剣に取り組んでいた。毎日三時間のウェイトトレーニングを課し、毎晩成長ホルモンを注射し、朝食には卵を一二個も摂取していた。もっとも、食べるのは、黄身は脂肪分が多すぎるため白身の部分だけだった（残った黄身は、僕がもらえばよかった）。

ハビーブはカブールで公務員として安定した暮らしを送っていた。だが、タリバンが現われた。幻想を抱いてはいけない。アフガニスタンという国は崩壊したのだ。その証拠に、多くのアフガニスタン人にとって、イランはエデンの園のように思えた。タリバンがアフガニスタンの実権を握ると悟ると、ハビーブはテヘランへと向かった。テヘランでオーストラリアのビザを取得するつもりだったのだ。しかし、周囲の目をごまかすためにベルリンに行く準備をしているふりをした。ドイツだ。この計画にルームメイトのインド人エンジニアは歓喜した。最近になって隠居したダナンジャヤは、坊主頭の独り者だ。すべての頭髪は口髭（くちひげ）に移動したようだ。蓄えは少しあったが、退職後の計画はこれといってなかった。ダナンジャヤは一大決心をした。まず、テヘランに行く。次に、トルコ、ブルガリア、そして最後はギリシアで余生を過ごす。彼は、名前が「ｏｓ」で終わるエーゲ海に浮かぶ小島に移住し、海に面した青い屋根の白い家で暮らし、朝に釣った魚をテラスで料理し、人生を回想しながら忘却するという夢を描いていた。四〇年前にムンバイにあるゲーテ・インスティテュートで一学期間だけドイツ語を学んだという。ハビーブがドイツで暮らすのなら、ドイツ語を学ぶ必要があった。ダナンジャヤはハビーブを自分の弟子にしようと考えた。このアイデアは彼の目を輝かせた。ハビーブはダナンジャヤの熱意を冷ますのを忍びなく思い、本当の行き先を言いだせなかった。こうして毎朝一時間、ハビーブは年老いたインド人がまだ覚えているドイツ語の初歩——わたしは（イッヒ・ビン）、あなたは（ドゥ・ビスト）、かれは（エァ・イスト）、など——を学ぶ羽目になった。ダナンジャヤは、ハビーブがドイツ語の基本動詞の活用の習得に真剣に取り組む姿に目を細めた。湯沸かし器の湯をティーポットに注ぎ、茶の香りが漂うと、ハビーブとダナンジャヤはドイツ語の学習を始める。彼らの歌うドイツ語の童謡が聞こえてくる。

「緑、緑、私の服はみんな緑色……」。

安宿は数人のスタッフが切り盛りしていた。儚い臣民からなる王国の主はシェイダーだ。彼女に政治的信条を問う必要はなかった。茶色の長い髪を露わにしていたからだ。ヘジャブの着用をやめると、叔父は彼女を「軽い女（ドフタレ・サボク）」と蔑称した。僕はこの言葉を知っていた。数か月前、イラン人の両親を持つ弁護士で、小説も書くフランス人女性、シュザンヌ[3]に教えてもらったからだ。彼女によると、ペルシア語には自由に生きる女性を蔑む言葉がたくさんあるという。「イランでは多くの男性と関係を持つ女性をハラーブ（kharab）と呼ぶ。壊れた不良女子だ。ちなみに、壊れたおもちゃは「ハラーブなおもちゃ」、腐った果物は「ハラーブな果物」だ。傷んでいるので食べられない。ハラーブなら処分する。女性に対する最高の誉め言葉は《太陽にも月にも照らされたことのない女性（アフターブ・マフターブ・ナディダテシュ）》だ。このような女性なら結婚できる。ただし、三十歳未満でなければならない。女性にとって、三十歳は運命の分かれ目となる区切りの年齢だ。三十歳を過ぎると、女性はトルシデ（torshideh）になる。これは腐った牛乳、つまり、古くなった料理の怪しげな味を意味する」。シェイダーは二十九歳。ボーイフレンドはなく、見つけるつもりもないという。男子は苦手で、女子のほうが好きだと婉曲に述べた。

3　シュザンヌ・アズマーイェシュ『尋問』、レオ・シェール社、二〇二一年。

同性愛が犯罪と見なされる国で暮らすことは、同性愛者にとって相当なストレスだろう。この国では「家族関係がないのに、何の必然性もなく裸で重なり合う二人の女性」は一〇〇回の鞭打ち刑に処せられ、三回目の再犯の際には死刑になる。「壊れた不良女子」に加えて「腐った牛乳」と呼ばれようが、シェイダーは気にしていなかった。というのも、彼女にとって腐っているのは体制のほうだったからだ。

体制と言えば、またしてもサイードだ。彼は、自分は学生だと名乗り、この安宿に五日間滞在したが、彼が何者であり、どこで何をしているのかは、誰も知らなかった。問い詰めると、巧みにかわした。明らかなのは、彼がイラン人であること、安宿に泊まっていること、安宿からほとんど外出しないこと、スパゲッティ・ボロネーゼを分けてくれたこと、相手の素性を熱心に嗅ぎ回ることだった。いつも携帯電話をいじっているサイードは、キッチンや中庭を徘徊したり、食堂の椅子に腰かけたりして、皆の会話に聞き耳を立て、宿泊客の出入りをチェックし、全員に対して根掘り葉掘り聞いて回った。シェイダーは僕に確信を持って警告した。「彼がイランの最高指導者、ムッラー、イスラム共和国などの悪口を言うのは、軽率でおしゃべりな連中から信用を得るためよ。この男がバスィージ〔革命防衛隊の民兵組織〕の一員であることは間違いないわ。用心しなさい。奴は薄汚いバスィージのメンバーよ」。

テヘランの街角

マフサ・アミニの死後に起こった蜂起について、ほとんどの記事では、市民ではなく体制側が恐怖を抱くようになったと論評されていた。だが、この見方は間違っている。体制側も恐怖を抱くようになり、恐怖はムッラーの政権にまで達したかもしれない。夜間に街角が炎上し、ハメネイ師も布団に潜り込んで恐怖に怯えていたかもしれない。しかし、イランにおいて恐怖を抱いているのは常に市民だ。

四三年間、いやもっと長い間、イラン人は常時、恐怖に苛(さいな)まれてきた。彼らは恐怖という砂を嚙(か)みしめながら暮らしてきた。だが、マフサ・アミニの死後、恐怖は影を潜め、彼らは勇気をふり絞るようになった。

嫌悪する体制に闘いを挑む勇気。それは消耗を強いられる非対称な闘いだった。一方は、警棒、催涙ガス、盾、機関銃を持ち、恣意的な勾留、迅速な裁判、絞首刑を執行する。もう一方は、叫ぶことしかできない。叫ぶだけで革命を起こすことができるのか。街頭に出るのだ。まず、どこでデモを行なうのか。デモを仕切る公式の司令塔は存在せず、あらかじめ決められたデモの計画はなく、当局への事前通告もない。叫び声が大勢の人々に届き、撤退すべきときに避難できる路地のある場所を見つける必要があった。たとえば、バザールの近くだ。

バザールの前に集合する。週末の初日である木曜日だ。そこにはデモに参加する者たちがいる。テレグラム〔スマートフォンのインスタントメッセージアプリケーション〕で情報を得た者たち、街角の壁に「木曜日はバザールで」というメッセージを見た者たち、「バザールに行くぞ」と誘われた者たちが集まってくる。

こうしてデモ参加者たちはバザールの前に集まる。バザールは連日大勢の人々で賑わっている（祈りの日である金曜日は除く）。彼らのなかから体制に反対する者をどうやって見分けるのか。見分ける必要もない。イランでは、ほとんどの人々が体制に反対している。だが、群衆のなかからそれを声高に叫ぶ度胸のある人物をどうやって瞬時に見分けることができるのか。まずは、足元を観察する。彼らはスニーカーを履いている。走って逃げるためだ。小さなリュックサックも目印だ。彼らはリュックサックの中に、酢やレモン汁を浸したマスクやハンカチ（催涙ガスの影響を緩和する）を隠し持っている。そして女性なら、もちろんヘジャブだ。ヘジャブを被っていないのならデモ参加者だ。二、三人の友人からなる小さな集団が、少し離れたところに小さな集団を見つける。互いに距離を詰め、見つめ合う。そして誰かが叫び始める。「女性、命、自由！」「独裁者、くたばれ！」「ハメネイは殺人者だ！」。うまくいかないこともある。一分も経たないうちに静寂が戻る。いや、静寂というよりも、絶え間なく続く路上の喧騒や商人たちのおしゃべりだ。叫び声を上げなかった人々は顔を見合わせたり、うつむいて自分の靴を見つめたりして、恥じ入り、怯え、自身の意気地のなさを恥じる。だが、恥じることはない。彼らが沈黙した理由はデモへの無関心でもなければ、体制への支持でもなく、恐怖だ。恐怖で全身が麻痺したのだ。権力者が最も頼りにする武器こそが恐怖だ。しかし先ほど述べたように、つい最近になって勇気が恐怖を凌駕した。スローガンを叫び始めた小さな集団に別の小さな集団が次々と加わり、大集団になった。怒りの声を上げる男女からなる大集団は群衆になった。全国各地の都市でこうした連鎖が起こると、叫び声だけでも革命が勃発する。体制に反対する方法は、街角の壁にスローガンを記す、最高指導者のポスターを破り捨てる、街頭でデモに参加するなど、さまざまだった。

デモには参加しないがデモ隊を支援するために駆けつける人たちもいた。体制の手先どもが、建物に逃げこもうとするデモ参加者を追うたびに、建物のバルコニーからは鉄棒が降ってきた。僕はヘジャブを被った女性が三本の鉄棒の入った袋を持ってバザールから出てくる姿を目撃した。デモ参加者には、ゼネストを呼びかけて店を閉めた商店主や、検閲をかいくぐってイスラム共和国にとって都合の悪い写真や動画をインターネットに投稿する者たちもいた。そしてもちろん、デモの先頭には髪を風になびかせながら通りを行き来する女性たちが陣取った。

僕がイランで最初にヘジャブを被っていない女性を目撃したのは、経済財務省の建物の前だった。二人目は裁判所の前。三人目は「ホルダード月十五日公園」の芝生の上でピクニック中の女性。四人目はその公園に隣接する通りを歩いていた女性。そしてバザールの入口の前でピザを分け合う二人連れの女性だ。次に、宝石店のショーウィンドーに映る自身の姿を見ながら髪をとかしていた女性。一二人目になったところで、数えるのをやめた。彼女たちのほとんどが学生か、学生に相当する年齢の若者だった。十一月初旬、テヘランでは三十歳未満の女子の半数がヘジャブを被らずに外出していた。ヘジャブの代わりに、帽子や髪の下部だけを覆うスカーフを着用する者もいたが、大半の者たちは何も被っていなかった。イランの道徳警察は取り締まりを控えるようになった。拡大し続けるデモに圧倒されたのだろう。体制に異議を述べたのは、ヘジャブを被らない女性たちだけではなかった。多くの男性もピース・サインをつくって彼女たちを応援した。ヘジャブ姿の女性たちは、彼女たちに微笑みかけた。自分たちにはまだできない彼女たちの大胆な行動に感謝の意を示したのだろう。

＊

イスラム共和国で見知らぬ人と政治の話をする際は、充分に注意すべきだ。まず、相手の素性を見抜き、遠回しにそれとなく話を進める。互いに打ち解けるまでは、本題を切り出してはいけない。

「あのハメネイの悪党が」となれば、本題に入ってもよいだろう。

慎重なニルファルは体制の手先どもを非難する前に、僕が彼らの一味でないことを確認した。というのも、僕は観光客を装った民兵、つまり、バスィージの一員かもしれなかったからだ。バスィージはどのくらいの規模の組織なのだろうか。数十万人、それとも数百万人か。公式の記録は発表されていないので、構成員の人数は誰にもわからない。この組織に属するのは、どんな人物なのか。彼らはあらゆる職業に就いていた。たとえば、毎朝会うパン屋、行きつけのレストランのウェーター、タクシー運転手、食料品店の店員、銀行員、同じアパートの住人、スパゲッティ・ボロネーゼを分けてくれた好青年などだ。制服、バッジ、紋章はないが、バイク、警棒、ナイフなどを持つ彼らは、上層部から電話やメッセージで指令を受け取ると、現場に急行する。

バスィージは一九七九年にホメイニによって設立された。ホメイニは、この組織を通じてイスラム共和国に命を捧げる覚悟のある若者を集めた。おもな隊員は農村部や労働者階級出身の十二歳から二十歳の若者だった。彼らはサダム・フセインのイラクとの戦いに身を投じて天上の楽園に至るという考えに魅了された。それから八年後、この戦争は終結した。ハメネイはバスィージを国内の治安を統治する民兵組織に変え、これを革命防衛隊の指揮下に置いた。これがあの守護者たち、つまり、体制の親衛隊だ。バスィージの任務は、悪をくじき、徳を促進すること。ようするに、機動隊を支援し、反乱を鎮圧し、市民を監視することだった。

「本当にあなたはバスィージじゃないのね」。ニルファルが僕に尋ねた。

「なぜ、僕がバスィージだと思うのか」

「奴らの無内容なペルシア語は、話せないあなたと同程度だからよ」

ニルファルの携帯電話が鳴った。彼女はため息をついた。父親から今日五回目の電話だという。僕に断って電話に出ると、二分間ほど安否を気遣う父親を安心させていた。イラン南部に暮らす彼女の両親は、一人娘のニルファルのことが心配でならなかった。というのも、娘はテヘランの学生であり、ましてやこの時期、テヘランでは多くの女学生が刑務所にぶち込まれていたからだ。ニルファルは両親をこれ以上苦しめたくなかったので、「すべて」から距離を置いたと嘘をついた。すなわち、大学構内での座り込み、街頭のデモ、「この木にムッラーを吊るしてやる」という文句のポスターをプラタナスの並木に貼るなどの活動だ。実際には、彼女は蜂起の急先鋒であり、女性は家畜扱いすべきだと説くターバンを巻いた鬚面（ひげづら）の男どもの金玉を切り落とす機会を虎視眈々と狙っていた。

彼女の目的は体制を転覆させることだった。政府ではなく体制だ。なぜなら、体制はその遺伝子に問題があるため、改革不能だったからだ。ヴェラーヤテ・ファギーフ（法学者の統治）という言葉を聞いたことはあるか。これは神意が主権を握り、宗教が政権を司るという、世俗主義者にとっては悪夢の体制だ。十二代イマームがお隠れの間、つまり、いつまでたっても現われない聖人の再臨を待つ間は、最高指導者が神学に基づいて権力を管理するという体制だ。イスラム共和国の創設者ホメイニ師のこのアイデアに基づき、アーヤトッラー・ハメネイ（ホメイニ師の後継者で、同じ鬚を生やし、同じターバンを巻き、ほとんど同じ名前なので、両者を混同するのも無理はない）は、国のほぼすべての権力を掌握した。そうはいっても、共和国には大統領がいるではないかと疑問に思うかもしれない。たしかに、イスラム共和国には、普通選挙によって選出される大統領がいるが（ニルファルによると、超保守派のまったくの役立たず）、護憲評議会〔憲法によって定められた上院にあたる機能を持つ会議〕が候補を事前に絞り込んでいた。そしてこの議会のメンバーの半分を指名するのは最高指導者であり、国会も同様だった。遺伝子に問題があったのだ。ムッラーたちによるこの体制はすでに死んでいた。あとは葬り去るだけだった。ニルファルが取り組んでいるのは、この体制を葬り去ることだった。

エンゲラーブ広場（革命広場）の近くを歩いていた僕に話しかけてきたのは、ニルファルのほうだった。

古今東西、大都市の広場の名称は、体制の変化に応じて変わってきた。パリでは、ルイ十五世広場は、王政廃止後は革命広場、執政政府時代はコンコルド広場、シャルル十世の時代はルイ十六世広場と呼ばれていた……。テヘランでは、イスラム革命以前のエンゲラーブ広場はシャー・レザー〔パフラヴィー朝イランの初代皇帝〕広場と呼ばれていた。今日の体制が崩壊したら、この広場は何と呼ばれるようになるのだろうか。

ニルファルは「本屋広場」を提案した。テヘランには、タイヤの販売店しかない通り、楽器店しかない通り、金物屋しかない通りがある。金物屋しかない通りの反対側には魚屋しかない通りといった具合だ……。どこの国でも基本的に同じだが、イランでは隣と競い合う。これは消費者にとって、街のあちこちに足を運ばなくても価格を比較できるという利点がある。エンゲラーブ広場周辺には本屋しかない。歩道にまで本を並べている店もあり、ここに来れば、どんな本でも見つけることができた。不朽の名作（『高慢と偏見』や『罪と罰』）が『アルケミスト――夢を旅した少年』や『ダ・ヴィンチ・コード』と一緒に並べられており、『アンナ・カレーニナ』が『ボヴァリー夫人』の隣に陳列されていた。ロシアの古典文学の書棚には、独裁者たち（サダム・フセイン、カダフィ大佐、スターリン）の伝記が混じっていた。ペルシア文字を読めなくても、表紙の鬚（ひげ）を見れば、著者が誰だかわかった。短い白鬚ならツルゲーネフ。長い白鬚ならトルストイ、まばらな鬚ならドストエフスキーの作品だ。鬚に関して言えば、ゴーゴリは薄い口髭、ニーチェの髭はガリア人のように分厚く、一言で言えばニーチェ風だった。そして『我が闘争』の表紙には、奇妙なチョビ髭のアドルフ・ヒトラーが描かれていた。そして『レ・ミゼラブル』のペルシア語版には、かの白鬚を蓄えたヴィクトル・ユゴーが睨みを利かせていた。

『レ・ミゼラブル』を読んだことのないニルファルは、どんな話なのかを知りたがった。そこで僕は、「贖罪を求めて生きていた元徒刑囚は一人の刑事に執拗につきまとわられる。宿屋を営む夫婦がシングルマザーの娘を搾取するのだが、この元徒刑囚はそのシングルマザーに約束をする……。でも、自分で実際に読んだほうがよいに決まってるよ」と言って、この本を買ってニルファルにプレゼントした。

ニルファルは死を恐れていなかった。死ねば、すべてが突然停止し、記憶は失われる。涙を流すのは自分ではない。これまで何度も催涙ガスを食らい、警棒で殴打された。目が刺すように痛み、傷や痣ができた。傷や痣は体制からもらった勲章であり、多少の怪我はへっちゃらだった。気になるのは重傷を負うことだった。というのは、奴らは入院中であっても逮捕しにくるからだった。ニルファルに恐れることがあったとすれば、それは刑務所送りになることだった。刑務所送りはニルファルだけではなく、イランで暮らす全員が恐れていた。

メディアを通じて最もよく知られているのは、王国の時代に開所したエヴィーン刑務所だろう。テヘラン北部の街に建てられたこの悪名高き刑務所の最大収容人数は三〇〇〇人だったが、今日では一万五〇〇〇人を収容している。これはフランスのフルーリー＝メロジ刑務所とサンテ刑務所を合わせた最大収容人数の二倍に相当する。エヴィーン刑務所には男女別の宿舎があり、散歩用と処刑用の中庭がある。悪名高い二〇九区画には、一メートル×一メートル八〇センチメートルの独房があり、そこには政治犯として、ジャーナリスト、芸術家、映画製作者、詩人、思想家、そして多くの学生が収容されている。よって、イランではこの二〇九区画は「エヴィーン大学」と呼ばれている。講義科目は「拷問」しかない。

イスラム共和国では、建国当初から囚人に対する拷問は伝統行事だった。この国は拷問を国王モハンマド・レザー・パフラヴィーの秘密警察サーヴァークから受け継いだ。そしてこの国の歴史を振り返ると、拷問は連綿と受け継がれてきたことがわかる。その起源はおそらく一三八七年にティムール〔ティムール朝の建国者〕がエスファハーン攻略を祝って四万人の首を切り落とした時代にまで遡ることができるだろう。[4] イランではこれまで、すべての体制が拷問を行なってきたが、その方法はさまざまだった。たとえば、サーヴァークの名物は、電熱線で熱する鉄製の寝台に囚人を縛りつける「フライパン」だった。イスラム共和国では、お馴染みの殴打、逆さ吊り、指をへし折る、爪を剝ぐ、水や食事の制限、電気ショック、模擬処刑などに加え、おすすめの一品は「常夜灯拷問」だった。狭小の独房に入れられた囚人は、天井の照明器具から強烈な光を昼夜関係なく常時浴びせかけられる。そしてもちろん、レイプもある。複数の若い女性が妊娠を避けるために避妊薬が欲しいと拷問官に訴えたという。また、出所後すぐに自殺したり、引きこもりになったりした若い女性もいる。レイプ現場は撮影されている可能性があり、撮影された動画がインターネット上に出回る恐れがある。よって、被害者は泣き寝入りすることになる。以上が、イスラム共和国の政治犯に対する扱いだ。この国で逮捕されたのなら、古代ローマの風刺詩人ユウェナリスが投げかけた警句がすぐに脳裏に浮かぶ。「誰が看守を見張るのか」〔クウィス・クストーディエト・イプソース・クストーデース〕。

4 ――目撃者によると「およそ一五〇〇個の頭蓋骨からなる山が二八個もできた」という。

「この国には司法がある。正義がある」と思うかもしれない。この国の正義を語るには、街角で囁かれている冗談が参考になる。テヘランの空港に到着したあるアフガニスタン人は、税関職員に自分は元港湾大臣だと名乗った。驚いたイラン人の税関職員が「元港湾大臣だって！　嘘だろ。アフガニスタンに港などないじゃないか」と笑うと、このアフガニスタン人は「そんなことは関係ない。イランにだって法務大臣がいるだろ」と切り返した。

イスラム共和国では、最高指導者は地上における神の代理人であり、神自身からその権力を受託している。宗教が政治を凌駕しているのだ。この国の政治には神権政治のすべての特徴が確認できる。実際に、イスラム共和国の体制は、泥棒政治（クレプトクラシー）と恐怖政治（タナトクラシー）の合体した泥棒恐怖政治（クレプタナトクラシー）だ。つまり、国家の富を収奪し、死と死の恐怖による支配で権力を維持する腐敗した体制だ。[5] その手法は常に、逮捕、監禁、拷問、自白の強要、そして革命裁判だ。裁判では、「神に対する反逆」や「この世での堕落」という、どうにでも解釈できる実に曖昧な判決が下り、死刑を宣告される。法廷は非公開であり、弁護士なしで行なわれる。名ばかりの裁判官があっという間に判決を下す。このような裁判を合法的に見せかけるため、被告人は上告できる。ところが、一か月後（イランの司法制度は驚異的なスピードで機能する）に

5　この点に関しては、二〇二二年十月二十六日付の『ル・アン・エブド』と二〇二二年十一月二日付の『ルモンド』に掲載されたイラン系フランス人社会学者ファルハード・ホスロハーヴァルの論考を参照のこと。

最高裁判所も同じ判決を下す。死刑だ。

だが、「死者の背後では千の心臓が鼓動する」。これは僕が考えた文句ではなく、デモのスローガンだ。

イスラム教では、遺体は安置室で清めた後に白布でくるまれ、頭をメッカの方向にむけて埋葬される。数日後、墓地には弔問客が訪れる。その後、遺族は通常の生活に戻る。死後四〇日目、遺族、友人、友人の友人が集まる。隣人や貧者もやってくる。貧者には飲物や食物を振る舞うのが習わしだ。死者を追悼し、祈りを捧げる。もし、死因が体制の暴力なら、人々は怒りを爆発させる。無力感、絶望、怒りが渦巻き、復讐心が湧き上がる。誰かが「独裁者に死を！」と叫ぶと、今度は群衆が一斉に「独裁者に死を！」と呼応する。警察が駆けつけ、警告なしに発砲する。群衆は悲鳴を上げて逃げまどう。ようやく静まり返ると、死者の数が数え上げられる。その四〇日後、同じ光景が再現される。こうしたことが町から町、村から村へと四〇日ごとに繰り返されると、体制の崩壊は不可避になる。一九七八年一月にゴムで最初のデモが起こってから国王が退陣するまでは一年間かかった。イラン人がイスラム共和国から脱却するのには、どれくらいの時間がかかるのだろうか。賭けをしようか。一か月、二か月、今年中……。あれこれ憶測して迷うだろう。正直に本音を語るとしても、それは誰にもわからない。ただし、誰もが知っていることが一つだけある。

死者の背後では
千の心臓が鼓動する

冒険心や未知へのあこがれ、そして「自分の人生は一体何だったのか」「自分はこの世に存在してきただけではないか」と老人ホームで思い悩む日が訪れるかもしれない。そうした不安から、僕は無謀な行動に出ることがある。自惚れが強いのなら、無謀な行動を大胆さの証と捉えるかもしれないが、それは単なる間抜けの証拠かもしれない。いずれにせよ、勇気ではない。自分は勇気ある人間なのかという点に関して、僕はあまり自信がない。

ギロチン台で「切り落とされた俺の頭を民衆に見せてやれ。これだけの頭はめったにないぞ」と死刑執行人に話しかけたジョルジュ・ダントン〔フランス革命の英雄〕の逞しさ、あるいは妻とともに逮捕されてドランスィー収容所〔パリ北東部にあったユダヤ人移送のための通過収容所〕に連行され、「今までは苦悩とともに暮らしてきたが、これからは希望とともに生きる」と力強く語った作家トリスタン・ベルナールの不屈の精神が、自分にも宿っていたのならと思う。だが、似たような状況に置かれたのなら、僕は一言も発することができず、泣きたい衝動に駆られるだけだろう。

日が暮れた。エンゲラーブ広場周辺の通りを二時間ほど歩き回っていたとき、ニルファルは突然立ち止まった。

「あなたにテヘランの街角のこだまを聞かせてあげるわ」

彼女は深呼吸すると、両手を口に当て「独裁者に死を！」と大声で叫んだ。彼女の大胆さに度肝を抜かれた僕は、反射的に彼女から一歩離れた。ほんの一瞬だったが、心理的にはかなり長く感じられた。この間、僕は、連帯を示すために彼女の肩に手をまわすのでも、拳を突き上げるのでも、彼女に続いて叫ぶのでもなく、押し黙り、まったくの他人であるふりをした。通りにはほとんど人影がなく、少し先の建物の入口に二人の男性がいただけだったが、僕は恐怖に駆られた。「この二人の男性は体制側の人間かもしれない」「体制の手先がバイクに乗って現われるかもしれない」「殴られるかもしれない」「逮捕され、長期間にわたって拘束されるかもしれない」という恐怖に襲われたのだ。ニルファルがこのほんの一瞬の僕の心の動きに気づいたかは定かではないが、僕は自身の小心さと勇気のなさを恥じた。つい先ほどまで一緒に歩き回りながら楽しくおしゃべりしていたこの少女から咄嗟に離れたことを恥ずかしく思った。彼女は勇気を持つことの本当の意味を、強烈な方法で示したのだ。

近くの建物の四階の窓が開くと、誰かが「独裁者に死を！」と叫んだ。次に、少し先の建物の前にいた二人の男性が「独裁者に死を！」と叫んだ。通りがかった車はクラクションを鳴らし、運転手は窓ガラスを下げると「独裁者に死を！」と叫んだ。並行する通りからも「独裁者に死を！」という叫びが聞こえてきた。ニルファルの叫びは次々と増幅されて街角に広がり、テヘランの夜空に稲妻が走るような反響音を生み出した。

＊

ニルファルと別れた後、安宿で携帯電話をＷｉ‐Ｆｉに接続すると、六人から六つのメッセージを受信した。

「元気か？？？」

「どうしてる……」

「無事か。連絡をくれ……」

「大丈夫か……」

驚いたことに全員が僕の安否を気遣っていた。一つのメッセージには、フランスの公共ラジオ放送局のウェブサイトのスクリーンショットが貼ってあった。

「イランでさらに二人のフランス人が投獄される」

ゴム

外国でタクシーを利用する際は、ぼったくられることなく目的地まで無事にたどり着くことを願わずにはいられない。イランでは、ほとんどのタクシー運転手は正規の料金（イラン人が支払う料金）を告げるだけでなく、支払いの段になると料金はいらないという。受け取ってくれと頼んでも、彼らは拒否する。それでもお金を手渡すと、すぐに返してくる。仕方がないので、料金を車の座席に置く。彼らは「お金は受け取れない。そのお金を引っ込めてくれ」と訴えるにもかかわらず、最終的には渋い表情を浮かべて受け取る。そうはいっても、料金を支払わずに立ち去ってはいけない。彼らは悪態をつき、侮辱の言葉を吐き、あなたの七代先の子孫にまで呪いをかけるだろう。イランを訪れる旅行者は、この国以外では見られない習慣に接することになる。それは日常生活を司る不文律の礼儀作法タアーロフだ。

タアーロフはきわめて洗練された礼儀作法であり、高度な常識だ。もっとも、タアーロフを偽善的な儀式、あるいは自身の寛大さを装う大げさな敬意と解釈することもできる。それは物事をあけすけに言うのとは反対の態度であり、迂回を重ねる話法だ。ノーという意味のイエスであり、儀礼的なノーだ。たとえば、銀行の窓口に用事があるとしよう。先に並んでいた人が自分の順番を譲るつもりはないのに「お先にどうぞ」と声をかける。当然、その人は自分の申し出が断られることを期待している。よって、あなたは丁重に断る。これで終わりになる場合もある。だが、「私は急いでいないので、どうぞお先に」という再度の申し出に「あなたより先に行けば、私に天罰が下ります」と繰り返し断るのが礼儀なのだ。このような芝居じみたやり取りにより、各自の立場は尊重され、全員が満足感を得る。

タアーロフの奥義をきわめていないと、相手の示す好意が誠実さからのものなのか、単なる礼儀からのものなのかがわからない。タアーロフ習得は生涯の修行だ。最初の申し出は丁重に断るのが礼儀であるため、それが本心なのかタアーロフの慣習によるものなのかを見きわめる必要がある。その秘訣は相手の言葉遣いに注意を払うことだ。次のような場合だ。見知らぬ街に到着した。だが、ホテルの予約がない。五分ほど前に知り合ったばかりのイラン人が「今夜は自分の家に泊まっていかないか」と誘ってくれる。だが、すぐに「わが家は狭いけど、寝る場所くらいは確保できる……」と付言したのなら、それはタアーロフだ。よって、お誘いに感謝の意を示し、丁重に断る。しかし、はっきりしない場合もある。よくわからないときは、まずは断るべきだろう。さもないと相手は体裁を失うからだ。タクシーの運転手が「外国人を乗せるのは名誉なことだ。このくらいの距離はちょっとしたドライブ。料金をいただくなど、とんでもない」とまくしたてたのなら、神妙な面持ちで相手の話を聞き、料金を支払うべきである。

支払いは現金だ。イランでは外国のクレジットカードは利用できない。クレジットカードでは、買物をしたり、現金を引き出したりはできない。アメリカ・ドルやユーロの札束を用意し、銀行や両替所で両替する。あるいは、街頭で有利なレートを提示する業者を相手にする。イランの街の路上には、外貨を買い取ると声をかけてくる男性が必ずいる（いつも男性）。だが、街頭での両替には二つの問題がある。一つめは、彼らは金額をリアルではなく旧通貨トマーンで表示することだ。これは僕の祖母などがユーロで支払いながらもフランと言っているのと似たようなものだ（一〇万リアルが一万トマーンなので、換算は簡単だ）。二つめは、為替レートが不安定であることだ。今回、僕がイランに到着したとき、一ユーロは三四万リアルだったが、その一か月半後には三九万リアルになっていた。これは五年前の一〇倍に相当した。

イラン通貨の不安定な価値、そして庶民の購買力を蝕むインフレ……。革命の背後には必ず経済危機がある。一七八九年十月五日、パリでパンを購入できたのなら、パリの主婦たちはヴェルサイユ宮殿へと行進しなかっただろう。完全雇用、安定した強い通貨、繁栄した経済があったのなら、これほど多くのイラン人が路上に出ることはなかったはずだ。ヘジャブ問題の背後には、日増しに減価して紙切れになりつつあるリアルの問題もあった。

ゴムという街の名前を発音しようとすると、喉にひっかかったような響きがする。イスラム共和国は、女性と若者の願望にこの街の名前を吐き捨てる。ゴムはシーア派のバチカンとも言える神聖な街であり、神学者、巡礼者、フィクフ（イスラム法学）を学ぶ学生たちの街だ。この街では、あちこちから説教が聞こえ、埃が舞い、平らな屋根の家が並ぶ。活気のない通りを歩く人々の表情は暗く、彼らはイスラム教徒でない者を敵視する。

ゴムにはタクシーやバスで行くこともできたが、アリーの車で行った。僕は彼の車に乗せてもらう前に、危うく轢(ひ)き殺されるところだった。イラン人にはいろいろな人がいるが、彼ら全員に共通することが一つある。それは運転マナーが悪いことだ。交通ルールなどお構いなしであり、赤信号を平気で無視する。彼らは、歩行者を有害な動物あるいは駆逐すべき敵と見なす最悪の民族だ。イランで道路を歩いて横断するのはきわめて危険であり、神に祈る必要がある。ミニチュア、チェス、書道などを生み出した洗練されたペルシア文明の末裔であるイラン人が車のハンドルを握るやいなや、札つきの無法者に変貌するのは実に不思議だ。

アリーの釈明は次の通りだ。イラン人の運転マナーが悪いのは皇帝のせいだ。イスラム革命で失脚した皇帝ではなく、その父親のレザー・パフラヴィーだ。パフラヴィーは一九二一年に権力を奪取した後、アタチュルクがオスマン帝国の廃墟で行なったのと同じく、ペルシアの近代化を試みた。「ペルシア」を「イラン」と改め、男性には西洋風の服装をするように、そして女性にはヘジャブを脱ぐように指導し、司法、軍隊、教育制度を改革し、シベリア鉄道を模倣してカスピ海とペルシア湾を結ぶ鉄道を開通させ、国中に道路網を整備した。イラン人は突如としておんぼろの馬車から自動車へと乗り換えることになった。だが、車の運転を一夜にして習得できるはずがなかった。こうした事情は今日でも変わらない。アリーも同様だった。僕はアリーの車に轢き殺されるところだった。しかし、僕が不満を述べる相手はアリーではなくレザー・パフラヴィーだということか。

アリーは二十一歳。顔には二〇針ほどの縫った跡がある。両親には転んで怪我をしたことになっているが、バスィージに警棒で殴られたという。彼はゴムの両親の家からテヘランの大学に通っていた。週三回、おんぼろのプジョー405で往復していた。彼はテヘランのアパート代に費やすよりも、憧れのプジョー508を買うために貯金をしていた。彼は民兵たちにぶん殴られることを覚悟してデモに参加した。プジョー508を買うためだ。女性にヘジャブの着用を強いるのは問題だ。しかし、そんなことよりも、イラン経済を何とかすべきだ。ちなみに、彼のガールフレンドは、ヘジャブよりも保守的な衣装であるチャドルを着用していた。

道路を横断中、僕はアリーの車にはねられた。気がつくとボンネットの上だった。アリーはお詫びにゴムまで送っていくという。こうしてバスを待つ必要がなくなった。テヘランからゴムまでは、円形のくぼみと小山からなる黒っぽい砂漠を横断する道路を走る。景色は月面のようだった（ただし、星条旗は見当たらなかった）。道路は空いていた。制限速度は時速一二〇キロメートル。車の窓を全開にし、音楽を聴きながらアクセルを踏み込む。新鮮な風が頬を撫でる。見渡す限りに広がる砂漠。気分爽快だ。

ドライブ中、アリーはいろいろと気を遣ってくれる。「スピードを出し過ぎか」「寒くないか」「窓を閉めようか」「ゴムのホテルは見つかったのか」「うちに泊まらないか。両親は英語がまったくわからないけど、君と会えるのを喜ぶはずだ」。イラン人家族の暮らしぶりに触れるよい機会だったので、泊まってみたかったが、とりあえず「ありがとう。でも、邪魔したくないんだ」と断った。アリーは手に胸を当て「邪魔だなんてことはない」と請け合ったが、「ただ、妹が法学の試験勉強中なんだ……。君は僕と同じ部屋で寝ることになるかもしれない」と誘う勢いが鈍った。ようやくタアーロフだとわかった。「ご親切な申し出をありがとう。でも、邪魔したくないんだ。ホテルに泊まるよ」。

ゴムにはムッラーが至る所にいる。アラブ世界のイマーム（導師）やウラマー（神学者）に相当するイスラム教シーア派の僧侶ムッラーは、シャリーア（イスラム法）を解釈する学識ある人物だ。ゴムでは、石を投げればターバンに当たる。ターバンが黒色なら、その人物はサイイドであり、ムハンマドの血筋を引いている。黒色でなければ白色だ。投げた石がターバンに当たらなかったとすると、それはチャドルに当たったからだ。この街に、髪を風になびかせて闊歩する女性の姿は見当たらない。そんなことをしたら、すぐに石を投げつけられるからだ。ここでは五歳の幼女でさえチャドルを着用していた。

アーヤトッラー・ホメイニがヘジャブの着用を義務化したのは、ここゴムだった。歴史を少し振り返ってみよう。一九七九年一月中旬、一年間にわたるデモ、デモに対する弾圧、弾圧に対するデモを経て、大衆は国王を倒した。世俗主義者、国粋主義者、共産主義者、無政府主義者、自由主義者などが混在する大衆から、この革命を横取りして権力を独占したのはイスラム主義者だった。国王は亡命し、ホメイニは亡命先のフランスのヌフル゠ル゠シャトー[6]から戻ってきた。イラン人は悪霊を追い払い、よき神を迎え入れたと安堵した。国際女性デーである三月八日より少し前、ホメイニは彼独自の方法で女性を祝福した。「イラン人女性は就労してもよいが、ヘジャブを着用しなければならない」。民兵たちはすぐに、自分たちの女きょうだいが髪を覆っているかに目を光らせた。そして四年後、街頭で髪を露出する女性は七二回の鞭打ち刑に処せられることになった。

6 イヴリーヌ県にある人口三〇〇〇人ほどの行政区であるヌフル゠ル゠シャトーは、イランではよく知られている。ホメイニは一五年間にわたる亡命生活の最後の四か月間を、この平和な町で過ごした。

ゴムのムッラー

カーシャーン

「テーブルの上にケーキがあっても、三日間は食べずに様子を見てね。甘すぎるかもしれないから……」。これは僕の友人であるパリ在住のイラン人女性サーミーンの忠告だった。ニルファルも警戒するようにと促した。「最初の三日間は人との接触を避けてね。ひどい目に遭うかもしれないわよ」。

ゴムからカーシャーンへと向かう途中、検問所には軍服姿の兵士が待ち構えていた。彼らは僕のパスポートとビザの写真を撮ると、「どこから来たのか」「どこに行くのか」「いつからそこにいるのか」と矢継ぎ早に質問した後、「お前はキリアン・エムバペ〔フランスの有名サッカー選手〕と知り合いか」と尋ねたので「残念ながら、個人的な知り合いではない」と答えた。これが逮捕の要件になることはなく、僕は検問所の通過を許可された。

　延々と砂漠が続いたが、突然、寺院、ミナレット〔イスラム教寺院の高い塔〕、丸天井からなる街が現われた。昼下がりのカーシャーンでは、冬の太陽がパンチを繰り出す。だが、ヘビー級のチャンピオンを相手に勇敢にもリングに上がったフライ級の選手が放つフックのように、パンチは当たってもほとんど効かない。

　カーシャーンでは、すべての建造物と邸宅に歴史の香りが漂う。たとえば、色とりどりのステンドグラスを用いた絨毯商タバータバーイー邸や、一〇分もあれば見学できるアッバースィー邸だ。一泊の予約をした安宿にも風格があった。安宿の玄関の壁には、宿泊客が寄贈したおよそ三〇か国の紙幣が飾られていた。ホワイトボードに記してある為替レートは、値動きが激しいので絶えず更新されていた。また、微笑むハメネイの肖像画が貼ってあった。モスタファは、繁忙期であっても宿泊客が少ないのはこいつのせいだと罵った。ハメネイの肖像画が貼ってあるのは、体制の犬どもに胡麻（ごま）をするためだった。奴らは、期限切れのビザを持つ宿泊客がいないか、女性がヘジャブを着用しているか、アルコールを提供していないかなどを確認するために、この宿を定期的に訪れるという。

安宿の部屋では、スイス・ラジオ・テレビ（RTS）のアーカイブから二つの番組を見た。

一つめは、スイスの大手紙『時代』が一年間にわたってイラン国王とその家族の動向を追った番組だった。[7] ジャーナリストが国王に対して「国王は絶対君主なのか」と問うと、若いころにスイスに留学していた国王は、完璧なフランス語で「自分は国民の思いを把握し、これを実行に移すことができる」と自信たっぷりに答えた。国王の表情からは、「自分は国民の気持ちを理解している」という自負がうかがわれた。国王は「自分は国王なのだから国民の父親的存在であり、自分には果たすべき神聖な使命がある」と強弁した。ジャーナリストが今日の財政難を指摘すると、「イランの財政は健全だ。もっとも、インフレは問題だが、これは西側諸国の仕業だ。インフレ以外にも問題がある。それは労働力不足だ。だが、これは一時的な問題にすぎない。というのも、国民の五〇パーセントは十五歳未満だからだ。三年後には、イランは非核兵器国の世界ランキングで上位五位以内に入るだろう」と宣（のたま）った。インタビューに応じる国王は宮殿の執務室にいた。輝くシャンデリアの下には、豪華な花束が飾ってあった。そこにイランの大衆や貧民の姿はなかった。

次に、シャフバーヌー（皇后）が登場した。ファラフ皇后もフランス語が堪能だった。

7　一九七八年二月九日に放映された『国王』という番組。制作はクロード・スマジャ（ジャーナリスト）とレイモン・ヴィラモズ（監督）。

王室専用機で地方へ視察に行く彼女は、「旅に出るのは、国民との絆を強め、自国に対する理解を深めるとともに、自国の抱える問題を把握するためです」と優雅に語った。国民のために尽力するという皇后の気概は伝わってきた。しかし、彼女が目にするのは、王室の諜報部が厳選した国民だけだった。王室専用機から降りた彼女は、バイクに乗った大勢の護衛に囲まれた王室専用車に乗り込み、王室の栄華を讃える文句が躍る横断幕の下を通過していった。皇后に近づきすぎる者がいると、すぐにボディガードが現われた。ボディガードはカバンの中に隠し持っていた武器を手にして、その人物を容赦なく地面にたたき伏せた。皇后は一般の国民と接していると思っているのだろうが、彼女が接しているのは事前に選ばれた者たち、つまり、王室に忠誠を誓う者たちだけだった。皇后に近づく、そして皇后に触れるというのは奇跡のような出来事だった。イラン国民の一部は、皇后の放つオーラに痺れていた。だが、実際に彼女が目にするのは、普通の国民でも貧者でもなかった。

番組は、国王の息子である皇太子の十七歳の誕生日を祝うレセプションの場面になった。レセプションでは、政府の高官たちが、国王、そして彼の母親と妻をはじめとする王室の親族の前で、かしこまっていた。男性は特大の蝶ネクタイにタキシード、女性は真珠のネックレスにイブニングドレス。シャンデリアの輝く大広間では、召使たちがシャンパングラスを運んでいた。夜空に花火が上がった。貧者の姿はどこにもなかったが、テヘラン郊外のスラム街で暮らす貧者も、この花火を目にしたに違いない。

次の場面では、両胸の部分に刺繡が施してあるジャケットという正装姿の国王が映し出された。国王の誕生日だという。スイス人ジャーナリストの「八〇か国の代表が国王に謁見するために訪れた」というナレーションが入った。各国の代表者たちは恭しく整列し、国王との謁見を待っていた。自分の順番が来ると、震えた声で国王を賛美し、彼の手の甲に接吻し、ひれ伏した。彼らは国王が望むのなら、喜んで跪いただろう（というのも、産油大国イランの国王に石油をねだるのが、彼らの仕事だったからだ。原油の生産は、国王、そして彼の親族、友人、軍隊に、莫大な利益をもたらしていた。だが、貧者は蚊帳の外だった）。

この番組では、国王が目にすることのない貧者も登場した。スイス人ジャーナリストによると、「特別事務所」には、貧困や虐待を訴える嘆願書が年に数万通も届くという。最初に登場したチャドル姿の女性は、自宅を没収されたが、当局は約束の補償金を支払ってくれないと、涙ながらに訴えていた。次に登場した女性もチャドル姿だった。彼女は夫の虐待を訴えていた。疲れ切った彼女の眼差しには生気がなかった。彼女の隣にいる夫は居心地の悪そうな表情を浮かべ、疲れ切った様子だったが、彼の沈黙は不気味な雰囲気を醸し出していた。そして一年もたたないうちに、王政は崩壊し、償いの時が訪れた。この番組の最後には、当時のニュースの見出しが映し出された。「脱獄未遂で九人の政治犯が殺害」「テヘランで新たに二人が絞首刑」「国王の死刑執行人　イランにおける情け容赦ない拷問の実態を暴露」「アムネスティ・インターナショナルがイラン秘密警察による組織的な拷問を糾弾」「国王の秘密警察に逮捕されて拷問を受けたイラン人作家の物語」「社会全体に浸透する秘密警察」などなど。

一つめの番組が放映されてから一年後の一九七九年二月に放映された二つめの番組には貧者たちが登場する。[8] 彼らは道路を清掃している。アーヤトッラー・ホメイニの一行がやってくるのだ。「今日は特別な日だ」というナレーションが入る。それは国民の大半を占める貧者が復讐を果たした日だ。数時間前から三〇〇万人もの人々が集まったという。群衆は拡声器から流れるムッラーの唱えるコーランの一節に聞き入り、拳を突き上げて「アッラーフ・アクバル」と叫んだ。アーヤトッラーの肖像画が至る所に貼ってある。ターバンを巻いた男性と、チャドル姿の女性が至る所にいる。映像からは救世主を待ち望む群衆の熱狂が伝わってくる。誰もがその姿を一目見て、近づき、触れようとする。「君主が発するオーラ」だ。ついに黒いターバンを巻き、白い鬚を生やし、冷酷な眼差しのホメイニが演説台に現われ、群衆に語り掛ける。

8　一九七九年二月八日に放映された『ホメイニがやってくる』という番組。制作はジェラルド・ムリー（ジャーナリスト）とジャン゠クロード・シャネル（監督）。

別の場面では、スイス人ジャーナリストが同僚のイラン人にインタビューする。「イスラム共和国では、報道の自由は保障されるのだろうか」と質問すると、「イスラム共和国が前政権と同じことをすれば、また革命が起きるだろう」と答える。

*

たった二日間のカーシャーン滞在中は、フィン庭園、モスク、バザールをさっと見て回り、あとは読書をして過ごした。ブーヴィエはカーシャーンについて一言も語っていない。ヴェルネのデッサンもない。彼らはテヘランからエスファハーンまで一気に移動したのだろうか。たしかに、カーシャーンは退屈だった。そうはいっても出発の朝、つかの間の優雅なひと時を過ごした。旧市街の路地でのことだ。石垣の影が正面の土塀に映っていた。その影のなかに、石垣の上を歩く猫の影を見つけたのだ。ほんの三秒くらいの出来事だったが、三時間くらい幸せな気分だった。

エスファハーンへの道

اصفهان――カーシャーンで見つけた段ボール紙に、黒色の油性ペンを使ってペルシア語でエスファハーンと記した。フランスではヒッチハイクは過去のものだ。今日では、ドライバーとヒッチハイカーを引き合わせ、待ち合わせの日時と場所を決めてくれる有料のアプリケーションやインターネット・サイトがある。あとはガソリン代などを折半する。セックス、恋愛、ホテルやレストランの選択なども、偶然ではなくアルゴリズムの出番になった。世間はこれを進歩と呼ぶ。ＩＴの進歩により、偶然性は片隅に追いやられた。

ペルシア語にヒッチハイクという言葉はなく、イランにはヒッチハイクという習慣は存在しない。イランでは、親指を突き出すのは淫らな仕草だ。車を止めて乗せてもらうには手を振って合図すればよい。イラン人はおもてなし精神に溢れ、外国人に興味を抱いている。イランでのヒッチハイクは容易だった。段ボールに記した文字を逆さまに掲げていたが、すぐに一台の車が止まってくれた。

生物学の元教師であるヤースィーンは、どこから見ても生物学の元教師といった風貌だった。小さな長方形の眼鏡、禿げ頭、胡麻塩の鬚。弓型の眉の下に垂れ下がった瞼を加えると、イラン版サルマン・ラシュディ〔ホメイニから死刑宣告を受けた『悪魔の詩』の著者〕のできあがりだ。ただし、ヤースィーンは敬虔なイスラム教徒だった。車のバックミラーにはアーヤットーラー・ハメネイのペンダントがぶら下がっていた。

「アーヤットーラー・ハメネイは偉大な人物だ。ハメネイの命が一分でも伸びるのなら、自分の命を捧げてもよい」とヤースィーンは唐突に語った。

イランに到着してから、体制の支持者と接するのはこれが初めてだった。昆虫学者がアロッティトリバネアゲハやアオタテハモドキなどの珍しい蝶を珍重するように、僕はヤースィーンという絶滅危惧種を注意深く観察した。彼の考えは次の通りだった。イランはイスラム共和国になって偉大な国になった。国王は外国勢力に国を売り渡した売国奴だった。

だが、革命によって新生イランは復活した。ウランを濃縮するだけで世界は震撼した。ムッラーたちが核武装するのではないかと慌てふためく西側諸国の連中の姿を見ると、胸がすっとする。しかしながら、生物学の教師によると、イランは外国と戦争がしたいのではないという。

「われわれイラン人は、どの国の人々も好きだ」

「アメリカ人もですか」

「もちろん。彼らに恨みはない。悪いのはアメリカ政府だ。われわれイラン人はすべての国の人々を愛している」

「イスラエル人もですか」

瞬間、ヤースィーンは息を詰まらせた。

「イスラエルは国ではない！　あれは不法占拠だ。ユダヤ人に恨みはまったくないが、なぜ彼らはパレスチナ人の土地を奪ったのか」

運転中のヤースィーンはハンドルを叩くと、ハンドルから手を放し、両手を天に上げた。すると車は道路からはみ出しそうになった。僕は助手席からハンドルに手をかけて、車を道路の中央に戻した。

ヤースィーンには、十六歳から二十歳の三人の娘がいるという。三人とも敬虔なイスラム教徒であり、ラマダン中は断食し、毎日祈りを捧げ、金曜日には父親とともにモスクの礼拝に参列するが、チャドルは着用しないという。娘たちには、「チャドルには男性の絶え間ない欲望から女性を守り、父親、夫、兄弟、息子のために女性の美しい姿を保つ効果がある」と口を酸っぱくして説いたそうだが、娘たちは聞く耳を持たず、ヘジャブを着用するだけだという。ヤースィーンは「もう大人なのだから、好きにすればよい」とあきらめ顔で微笑んだ。ヤースィーンの態度は、フランス人の父親が学生のパーティーから酔っぱらって帰ってきた息子の姿を見て「近頃の若者は……」とぼやく姿と似ていた。

ドライブの途中でヤースィーンの携帯電話が鳴った。イランで人気のアプリ「そよ風（バーデ・サバー）」だった。ミナレットが常に近くにあるとは限らない。そこで、このアプリによって時間や方角などの祈禱に関する正確な情報を得るのだ。ヤースィーンは「ちょっと失礼」と断り、車を路肩に停め、トランクから絨毯を取り出した。そして、南西の方向にあるメッカに向けて絨毯を敷いた。ヤースィーンはポケットから浮き彫りの入った粘土片（モフル）を取り出した。これはシーア派のイスラム教徒が持ち歩く祈りの道具だ。彼らは跪拝するたびに自身の額をこの粘土片に押しつける。わが運転手も語尾を引き延ばして「アッラーー」と唱えながら、跪拝を何度か繰り返した。再び出発すると、僕は眠りに落ちた。こうしてエスファハーンに到着した。

他のイランの都市と同様、エスファハーンの街の入口にも、戦死者たちの肖像画が飾られていた。八年間にわたるイラン・イラク戦争では、大勢の若者が犠牲になった。この殉教者崇拝は、六六一年にハワーリジュ派によって暗殺されたシーア派初代イマームであるアリーにまで遡る。今日でもイランのシーア派は、アリーの息子で預言者ムハンマドの孫であるフセインがおよそ一四〇〇年も前にウマイヤ朝によって斬首されたカルバラーの戦いに憤怒している。イラン・イラク戦争以降、イランの街頭や校庭などには、殉教者の旗、フレスコ画、ポスター、横断幕があり、その周囲には、バラの花束、カラシニコフ（自動小銃）、弾丸が貫いた跡のあるコーランが置かれ、殉教者たちは崇め立てられてきた。

　将来、これらの殉教者たちの肖像画は、マフサ・アミニ、ハディース・ナジャフィー、ニカ・シャカラミなど、反体制デモに参加して殺害された若者たちの肖像画に取って代わられるのかもしれない。その日が訪れたのなら、ヤースィーンは卒倒して車のハンドルから完全に手を放すに違いない。

　ヤースィーンは、国民を抑圧する体制と既存の秩序を熱心に支持し、信心に凝り固まったところもあるが、笑顔を絶やさず、親切で気配り上手であり、よき父親であり、よき夫でもあるのだろう。道端に捨てられたペットボトルを拾うために車を止める良識ある市民でもあった。エスファハーンへの道中、「絶対に訪れるべき」と言って、山奥にあるアーブヤーネ村に寄り道してくれた。単調な景色が続いて眠くなると、音楽の音量を下げてくれた。僕の宿の前まで送っていくと言い張った。お世話になったお礼にお金を渡そうとすると、三回受け取りを拒否した。この世は、白黒はっきりするほど単純ではないのだ。

エスファハーン

『世界の使い方』で僕が最も感銘を受けるのは、躍動感のある文章、控えめに語る博識、ページをめくるごとに登場する驚きの観察眼、情緒的になりすぎない喜びや驚きといった感情表現だ。たとえば、ブーヴィエがエスファハーンの食堂のテーブルで自分たちの薬箱を整理しているときの描写だ。「陽気そうな顔の太った男などは、ずっとそばにいたほどだ。しばらくすると彼が体温計を使ってもいいかと訊き、体温計を口にくわえ、それからまた僕を観察していた。ラマダン明けのお祝いに食べすぎ、少し熱があるのではないかと不安になったようだ。だが心配はなかった。三十七度五分。彼については、それ以上を知ることがなかった」。

二人のスイス人はエスファハーンに魅了された——「エスファハーンを見るだけでも、旅をする価値がある」。しかし、何か腑に落ちない。エスファハーンにいる彼らは、それがなぜなのかがわからず、落ち着かない。そして自分たちの旅に疑問を感じはじめ、不安に襲われる。「エスファハーン。エスファハーンではだめだ」と頭のなかで何度も繰り返す。彼らは振り返ることなくエスファハーンを去る。「景色そのものが恨みをいだき、その景色から即座に逃れなければ深刻な結果が訪れる、そういった景色はそうあるものではないが、たしかに存在する。僕らひとりひとりにとって、世界に五つや六つはあるものなのだ」。

彼らが旅をしたときから六八年後の現在、僕も同じ文章を書いただろう。「深刻な結果」とは死だろう。昨夜、エスファハーンではデモで二人の死者が出た。その後、商店とレストランは閉まり、イマーム広場とバザールは閑散とした。僕は安宿の居間で夜遅くまで読書をして過ごした。居間では二人のポーランド人がフロント係の女性に対して「街中の食料品店が閉まっている。卵が買えないじゃないか。これじゃあ、いつものように朝食にオムレツを食べることができない」と愚痴をこぼしていた。こんなところにも革命の影響がおよんでいた。

これは革命なのか、それとも反乱なのか。専門家の間でも意見が分かれていた。結論を下すのは時期尚早だった。蜂起が失敗したのなら反乱であり、成功したのなら革命だ。無秩序な蜂起が散発的かつ波状的に発生し、体制を崩壊させせようとした。しかし、現状では体制は安泰であり、デモ参加者は「暴徒」「外国勢力に操られた破壊工作員」だとして処罰された。

翌日、機動隊はエスファハーンにある一一の橋のうちの半数を封鎖したが、大した効果はなかった。なぜなら、ペルシア詩人たちが栄華を謳い、街の誇りだったザーヤンデ川は二〇年以上前から枯れていたからだ。[9] ひび割れた荒地の川を横切ると、対岸にあるアルメニア人地区、ヴァーンク教会、そしてこの教会の青いフレスコ画にたどり着く。「この青が心を軽やかにし、イランを必死に支えている。偉大な画家のパレットのように時間とともにみずから輝き、古びた色合いを帯びる」。エスファハーンを訪れるのは一生分の青を目に焼きつけることだ。南北五六〇メートルと東西一六〇メートルの長方形のイマーム広場では、一生かけても王のモスクのタイル（ほとんどは青）の枚数を数え上げることはできないだろう。エスファハーンの地元民なら、これらの青に目を奪われることなく通り過ぎることができるのだろうが、僕はこの広場に釘づけになり、何時間もかけて写真を撮った。イラン革命防衛隊に逮捕されたのなら、僕のイラン訪問の目的は、若者を煽動することではなく

9　ブーヴィエによると、この川はすでに一九五〇年代から枯れていたようだ。「昨日は夕方に川沿いを散歩した。ほんとうに川なのだろうか？　水位が高い時期でも、町の東へ百キロと流れないうちに砂の中に消えてしまうのだ。ほとんど干あがっている。巨大な三角州のところどころに穴があき、あまり動かない水たまりが光って見えるだけだ。ターバンを巻いた老人たちが蠅にたかられながらロバの背に乗って川を渡っていた」。

なく観光だという証拠を提示しなければならないだろう。僕の携帯電話に保存されている写真を調べたのなら、彼らが目にするのは青ばかりだろう。

イラン人の友人たちは、「逮捕されると、奴らは携帯電話を徹底的に調べるから注意しろ」と忠告してくれた。僕はツイッターもフェイスブックもやっていなかったし、インスタグラムのアカウントは閉じておいた。僕の携帯電話に危ないやり取りは残っているだろうか。アドレス帳にはファーストネームしか記していないし、彼らのメッセージは定期的に削除していた。撮影した写真は、典型的な観光客のものだった。問題のありそうな写真は、すぐにフランスにいる友人に送ると同時に、自分が帰国した後に返送してくれるように頼み、携帯電話から削除していた。

エスファハーンでの最終日、僕はこの街の南にあるソッフェ山に登った。フランスなら牛が放牧されているような二二〇〇メートルほどの山だが、食む草が生えていないので、牛はいなかった。エドモンド・ヒラリーとまではいかないが、よく歩いた。イマーム広場を早朝に出発し、太陽光が降り注ぐ正午過ぎに山頂にたどり着いた。山頂からはエスファハーンが一望できた。十七世紀には、五〇万人が暮らすイランで最も人口の多い街だった。二人のスイス人が立ち寄った一九五四年、人口は二〇万人にまで減っていた。そして今日の人口は二〇〇万人だ。山頂でのフィルゼとの出会いは強烈な思い出だ。

エスファハーンの地下鉄の出口
未来のイランから数歩遅れた過去のイラン

年齢は二十歳くらい。紫色のスポーツウェア、軽登山靴、トレッキングポールという出で立ち。ヘジャブではなくヘルメットを被っていた。天気は快晴。彼女は誰かを探している様子だった。フィルゼは工学部での学業の傍ら、ユースホステルで週四〇時間働いていた。そしてアルバイトの傍ら、アメリカのテレビドラマ『フレンズ』で英語を学んだ。「チャンドラーとモニカが男女の仲になるシーズン5で、英語を本格的に学び始めたの。レイチェルはロスと結ばれると思ってたわ。シーズン10のころには、英語が上達していたのよ」。僕と話すとき、覚えていた英単語を思い出すと、若々しい笑みを浮かべた。フィルゼがソッフェ山に登ったのには二つの理由があった。一つめの理由は、赤色のスプレーで山頂の岩に記してあった。

زن زندگی آزادی

「ザン、ゼンデギー、アーザーディー」[10]。街角の壁に記すスローガンはすぐに消されてしまう。一時間もしないうちにイスラム革命防衛隊員がバイクに乗って現われ、スプレー缶塗料を使って消してしまうからだ。だが、彼らだって山頂まではやってこないだろう。

10 「女性、命、自由」。デモで最も目立ったスローガン。

二つめの理由は、動画の撮影だった。ところが、困ったことに彼女の携帯電話の電池が切れてしまった。そこで、彼女は携帯電話を貸してくれそうな人物が現われるのを辛抱強く待っていた。なかなか現われないので途方に暮れはじめたところに登場したのが僕だった。

「あなたの携帯電話で動画を撮影して、それを私に送ってくれない?」

「動画といっても、何を撮るの?」

「私よ。ソッフェ山の山頂から腐敗した体制に抗議するデモの参加者たちに《独裁者に死を》《くたばれ、ムッラー》《女性、命、自由》と呼びかけるのよ」

「そんな動画を撮って、どうするつもりなの?」

「インスタグラムに投稿する」

ヨーロッパでは、インスタグラム・ストーリーズでライフスタイル系のインフルエンサーが、イランのデモを応援すると述べた後に、お気に入りの口紅や保湿クリームをプロモーション・コードつきで宣伝していた。僕はフィルゼの頼みを承諾した。イラン国民は抑圧されていた。イラン人女性の一致団結を示すために髪を切り落とす女性もいた。フィルゼによると、髪を切るだけでも、強烈なメッセージになるという。さらには、動画の撮影は短時間ででき、危険はなく、多くの「いいね！」によって満足感が得られる。フィルゼはイランの体制にうんざりしていた。一方、僕は彼女の行動をどう考えてよいのかわからなかった。社会悪はいずれ是正されるのだから（いや、是正されるべき）、声高に叫ぶ必要はないと信じるタイプの人間だった。不正義に公然と憤慨するのは何となく気が引ける。その一方で、沈黙は金だとは限らず、臆病で罪深く害悪かもしれないというマルティン・ニーメラー牧師の心情が頭によぎった。

ナチスが共産主義者を連行したとき、私は黙っていた。
共産主義者ではなかったからだ。
社会民主主義者が締め出されたとき、私は黙っていた。
社会民主主義者ではなかったからだ。
労働組合員が連れて行かれたとき、私は黙っていた。
労働組合員ではなかったからだ。

そして、彼らが私を追ってきたとき、
私のために抗議する者はもう誰一人残っていなかった。

イランに家族も友人もいないフランスで暮らす人物なら、SNSで抗議し、デモ隊への支持を表明することは容易い。もちろん、意味がないと言っているのではない。だが、イランで暮らしている人物が同じことをする場合、事情はまったく異なる。それは「体制に対するプロパガンダ」であり、投獄される恐れもある。フィルゼは、投獄された若い女性がどんな目に遭っているのかを知っていた。投獄という最悪の事態が予見されたので、彼女はそれにそなえて詩の暗唱につとめていたのだ。

シーラーズ

安宿の相部屋は大通りに面していた。路上からは深夜まで人々の話し声が聞こえてきた。同じ部屋には、ダゲスタン共和国の若者が泊まっていた。彼は何の恨みもないウクライナ人を撃つ気になれず、徴兵から逃れたという。この若者は外の物音に苛（いら）ついていた。一方、僕は気にならなかった。旅に出る目的の一つは寛容の精神を養うことではないだろうか。いずれにせよ、深夜に寝室の窓の下で身なりの悪い老人が意味不明なことを大声で話している場合、自宅なら安眠妨害だが、旅行中なら異国情緒だ。

シーラーズでは二人のスイス人はゼンドという安宿に泊まった。これが現在のデフナーディー通りにあるゼンド・ホテルだとすると、オンライン旅行社「トリップアドバイザー」の最新の投稿には「シーツは不潔で毛だらけ。スタッフは不親切」とある。「僕らは上品で静かなこの町にいる。レモンの香りがただよい、イランでももっとも美しいペルシア語が話され、水のせせらぎが一晩中聞こえる町。ワインはシャブリのように軽やかで、地下での長い眠りで清められている」。ブーヴィエは幸せな気分だった。「流れ星が雨のように中庭に降りそそいでいるが、願いごとが何も思いつかない。あるいは、すでに叶えられたのかもしれない」。

今日、ブーヴィエが再訪したのなら、彼は落胆しただろう。シーラーズは静かではなく交通量の多い騒がしい街だ。レモンの香りよりも、車の排気ガスの匂いがする。この街の名前を冠したと思われるシラー（シーラーズ）という有名なブドウの品種の栽培は禁止された。もちろん、ワインを飲むことはできない。

だが、美しい庭園がある。

エラム庭園だけでもシーラーズを訪れる価値がある。ヤシの木、糸杉、バラ園、噴水、ガージャール時代の東屋、猫たち。ペルシア語でエラムは「楽園」を意味する。ここが本当に楽園なら、死に対する恐怖はすぐに和らぐ。

だが、バザールがある。

あるポーランド人がイランのバザールを見事に描写している。[11]「イランにやってきた最初のシーア派は、都市部で商人や職人として生計を立てた。彼らは自分たちが孤立して暮らす地区にモスクを建て、その周辺に売り場、店、工房を構えた。イスラム教徒は礼拝の前に体を清める必要があるため、浴場もつくった。また、礼拝後には茶やコーヒーを飲んだり食事をしたりするので、近くにレストランやカフェも登場した。こうしてイラン都市部の典型的な風景が誕生した。それがバザールだ（色彩、群衆、騒音、神秘主義、商売、消費が組み合わさった言葉）。バザールを訪れるのは、買い物袋持参のショッピングのためだけではない。礼拝、友人との面会、商売、喫茶のため、また、最新の噂を知るためや、反対派の会合に参加するためでもある」。

バザールがストライキを起こせば、経済は風邪をひき、体制はくしゃみをする。一九七八年、テヘランのバザールは三か月間以上も閉鎖した。バザール関係者がホメイニを支持しなかったのなら、国王はまだ権力を握っていただろう。僕がシーラーズに着いたとき、国内各地のバザールは、ゼネストを解除しつつあった。エスファハーンのバザールの

11　リシャルト・カプシチンスキ『シャー』、フラマリオン社、二〇一一年。

通路は閑散としていた。商人と顧客の姿はなく、パトロール中のイスラム革命防衛隊員が降ろされたシャッターに「祖国に対する裏切りだ」とスプレー缶塗料で記して回っていた。数日後にバザールは再開したが、当局はバザールをこれまで以上に警戒するようになった。バザールには体制を揺るがす力があるとわかったのだ。

僕もバザールを警戒している。自分はバザールに弱いことがわかってきたからだ。断ることができないのだ。僕はいとも簡単に店に引き込まれ、茶をすすめられて自慢の絨毯を見せられるタイプの人間だ。「このくらい高品質の絨毯になると、他の店にはない」と、つい先ほど訪れた隣の絨毯屋が言ったのと同じ文句を聞かされる。そして「父から子へと七世代にわたって継承された独自の技術を持つ」という触れ込みの彼の兄弟の絨毯工房に連れていかれる。工房の裏庭からは煙が立ち込めている。その隣にある宝石店の主人なら、エスキモーにアイスクリーム、悪魔に火、サウジアラビア人に石油を売りつけることもできるだろう。僕は二時間後、伝統的な柄の入ったテーブルクロスの入った紙袋と、バルーチの手織り絨毯を抱え、薬指にはラピスラズリがはめ込まれた銀の指輪をはめてバザールから出てくるタイプの人間だ。これがエスファハーンのバザールで僕に起こったことだ。このとき以来、バザールには恐る恐る訪れるようになった。とくにヴァキール・バザールと呼ばれるシーラーズのバザールでは、旅先では余分な荷物を極力減らそうとする僕が、あらゆるものを買おうとした。シーラーズのバザールを徘徊中、僕は別荘の暖炉の前に敷く重厚な絨毯や食器など、（実生活とかけ離れた）きわめてブルジョワ的な欲望を抱いた。

だが、ハーフェズの霊廟がある。シーラーズは詩人の街として知られている。イランは詩人の国だ。[12] たしかに小説家もいないわけではない。たとえば、イラジ・ペゼシュクザード、ネガール・ジャヴァーディー、アーザル・ナフィーシー、ゾウヤー・ピルザードなどだ。そして世界と自分自身に冷徹な眼差しを向けたサーデグ・ヘダーヤトだ。ヘダーヤトはフェルナンド・ペソアと同様にプチ・ブルジョワだが、彼の散文はプチでもブルジョワでもない。ヘダーヤトは叙情詩とターバンを巻いた鬚面の男を軽蔑し、『盲目の梟』（中村公則訳、白水社）や『三滴の血』など、小説の伝統のない言語で小説を発明した。自らの存在を「ここの者でもなく、あそこの者でもない。かの地を追いたてられ、かの地に辿りついていない」と看破した。一九五〇年の年末、パリのシャンピオネ通りにある屋根裏部屋に移り住み、その後、ガス自殺を図った。その部屋は僕のアパートから三〇〇メートルくらい離れたところにある。僕はそこを通るたびに彼のことを思い出し、彼の名前（Hedâyat）のaの上につくアクサン・スィルコンフレックス（三角屋根の形をした記号の＾）を思い浮かべ、彼が他界したことに思いを馳せる。

12　ブーヴィエによると、「イランの人々は世界一の詩人だ。タブリーズの物乞いは、恋や魔法の酒、柳にそそぐ五月の陽光を詠んだハーフェズやネザーミーの詩をいくらでも知っていた」という。

イランにも小説家はいる。だが、何と言っても詩人だ。たとえば、フェルドウスィー、サアディー、ハイヤーム、ネザーミー、ルーミー、ジャーミー、近代では、ヤドッラー・ロウヤーイー、ソフラーブ・セペフリー、フォルーグ・ファッロフザードなどだ。女性詩人のファッロフザードは、愛、欲望、接吻が黙殺されている国で、これらを詠んだ。そしてもちろんハーフェズだ。イラン国民なら誰でも知っている詩の第一人者だ。フランスならボードレールと同様の評価を誇るハーフェズは、ボードレールよりも叙情的で神秘的であり、コーラン全章を暗記し、おもにガザル形式〔定型抒情詩の一様式〕の詩をつくった詩人だ。ブーヴィエは自分たちの車の左のドアにペルシア語でハーフェズの詩を記した。

たとえ夜の宿が危険に満ち
目指す地がまだはるか先だとしても
忘れてはならない
終わりのない道などない、と
何も悲しむことはないのだ

イラン人ならハーフェズの詩の一節くらいは知っている。『ハーフェズ詩集』を手に取ったことのないイラン人はいない。イラン人によると、ハーフェズは目に見えないものの言葉を話すという。イラン人は、六〇〇年以上前に死んだこの詩人の詩の一節に、実存に関する疑問の答えを見出そうとする。ハーフェズの墓前で出会った僕と同年代と思われる男性は、外国人がイラン人に抱く印象を気にかけていた。「外国では、イラン人は危険なテロリストだと思われているというのは本当でしょうか」。僕は「そんなことはありませんよ」と答え、彼を安心させた。

告げられた彼の名前（ハムレザー）を携帯電話にメモしていると、すぐに間違いを指摘された。

「そうじゃなくて。レザーで結構です」

「はじめまして。フランソワです」（僕もアンリを省略した。というのも、イランでの暮らしはすでに充分に複雑だからだ）

フランスに行くことを夢見るレザーは、フランス語の教室に通っていた。その証拠に、彼はリュックサックからフランス語の入門書『カフェ・クレーム』を取り出し、「わが家でお会いしましょう」という章をぺらぺらとめくった。覗き見ると、リヨンで暮らす二人の人物のたわいもない会話が、初心者向けの平易な文体で書かれていた。

「僕の仕事は五時半に終わります。あなたは劇場にいるのですか」

「はい」

「僕の住所はご存じですか」

「いえ、知りません」

「僕はブレスト通りに住んでいます。劇場からはそう遠くありません。劇場を出たらセルスタン通りを右に行き、少し直進してください。アンシエンヌ・プレフェクチュール通りに差しかかったら、右に曲がってください。しばらく歩くとブレスト通りと交わるので、そこを左に曲がってください。番地は……」

僕は驚愕した。リヨンのブレスト通り二二番地。僕はそこに一年間暮らしていたのだ。三日に一回は近くの「パッサージュ」という書店でたんまりと本を買い込んでアパートに戻ってくる生活をしていた。僕の処女作となる小説を執筆したのは、このアパートにおいてだった。イスラム革命の最高指導者が金曜日の礼拝であるジュムアの後に、彼の友人ムッラーたちの前に姿を現わすのを目撃したところで大した驚きではないが、僕の昔の住所が外国人向けのフランス語の教科書に載っているとは仰天だ。

「信じられない。一体どうして。なぜなんだろう」と僕はぶつぶつ呟いていた。

レザーは僕のことを頭がおかしいと思ったようだ。フランス語の教科書をリュックにしまい、別れを告げた。僕はハーフェズの霊廟の前で独りぼっちになった。このとき、僕は誓いを立てた。次にリヨンに行くときは、「パッサージュ」に立ち寄って『ハーフェズ詩集』を購入しよう。

シーラーズにある城塞

エスファハーンでは、シーラーズの住民はこの国で最も怠け者だと聞かされた。シーラーズでは、エスファハーンの住民はケチとまでは言わないが倹約家だと聞かされた。エスファハーンの住民のことはわからないが、前日に会ったスイス人技術者のカップルは、相当な倹約家だった。一〇か月前にジュネーブを出発し、たった一つの強迫観念にとらわれながらアジアを自転車で一周したという。すなわち、できるだけお金を使わないことだ。夜は路上にテントを張って寝た。都市部では、安宿のすでに安い宿泊料をさらに値切った。国民発議の国民投票、コンセンサス重視、穏健な人道主義にどっぷりと染まった彼らにとって、この国を揺るがす蜂起は理解不能だった。そして自国が掲げる中立原則に忠実な彼らは、どちらかの味方にならないように用心しながら発言した。「ムッラーたちには何か正当な理由があったのだろう。だが、この騒ぎにもよいことがあった」。観光客がきわめて少ないため、彼らは強気に出られる立場にあった。そこで、宿泊代をここの宿で一トマーン、あそこの宿で二トマーンという具合に値切ってきたという。「旅の一番の思い出は?」と聞くと、「たくさんありすぎて一つに絞ることはできないな」と答えた。僕は、彼らがあまりにもケチだから教えてくれないのではないかと疑った。お金を節約するために博物館を訪ねるのはあきらめ、モスクの入場料を免除してもらうために「自分たちはイスラム教徒であり、お祈りのために訪れた」と偽った。どうしても見逃せない観光名所では、入場料を渋々支払った。三日前、彼らはシーラーズ郊外のペルセポリスを訪れた。入場料は一人一〇〇万リアルだった。ペルセポリスで彼らが覚えているのはこの法外な入場料だけだった。ユーロに換算すると何と三ユーロだ。

ヤズドへの道

一方、出費を惜しまなかったのはダレイオス一世だった。それは彼が生前に建てさせたナグシェ・ロスタムの岩に刻まれた墓を見れば一目瞭然だ。岩壁に刻まれた碑文は、パルティア語、サーサーン語、ギリシア語の三つの言語で記されている。大勢の人々に訴えたかったのだろう。「ダレイオス一世は、偉大なる王、諸王の王、多様な民族の指導者、この広大な大地の王であり……」という文句に続いて、彼が支配した国々が列挙してある。インド、アラビア、アルメニア、リビア、エチオピア、エジプトといったお馴染みの国に加え、尖がった帽子を被ったスキタイ人の国や、海から遠く離れたイオニア人の国という馴染みは薄いが笑いを誘う国もある。さらには、サッタギディアやアミギアなど、ウィキペディアにも載っていない国も記されている。ようするに、彼は巨大な帝国を築いたということだ。

紀元前五二一年に建設された帝国の首都ペルセポリスは、ダレイオス一世の墓から六キロメートルのところにある。この都市はアレクサンドロス大王の軍隊が破壊するまでの二〇〇年間しか続かなかった。マケドニアの軍隊の攻撃の後、石以外、すべて焼失したのだ。今日残っているのは、岩壁の浮彫、彫像、壮大な階段、一枚岩の柱だけだ。二五〇〇年ほど前、これらの柱は、金や銀がはめ込まれた木製の天井を支えていた。屋根の下では、男たちは眠り、われわれのようにワインを飲み、リンゴをかじり、馬に乗り、女性の曲線美に心を奪われ、愛を育み、三日月の下でまどろみ、そして死んだ。

そして今日、「至高の平和、世界の恒久平和がこの四月の草原に漂う。過去には、サルダナパロスのような豪奢、そして火事、虐殺、大軍の出動、壮絶な戦いがあった[13]」。ダレイオス一世の都市について書くことに、どんな意味があるのか。すでにピエール・ロティ〔世界各地を旅したフランスの作家〕が見事に描写しているではないか。一九〇〇年にインドから帰国したロティは、ペルセポリスを訪れた。彼のペルセポリスに関する記述は一行も書き加える隙のないほど秀逸だ。だが、ロティが記さなかったことが一つだけある。それは遺跡の入口である万国の門に刻まれている。

13　ピエール・ロティ『エスファハーンを訪ねる』、カルマン=レヴィ社、一九〇四年。

F・W・グラフ・シューレンブルク
1926＊1930＊1931

これまで、この荘厳な遺跡に魅了された多くの旅人たちは、自身の足跡をそこに残そうとした。石は人間よりも長持ちする。そこで石碑に自分の名前を刻む者が現われた。刻まれたのは、今日では無名の人々の名前がほとんどだ。たとえば、「聖Rt・ウィロック」は一八一〇年に「死あるいは栄光」という寸言の後に、己の名前を石碑に刻み込みこんだ。彼は、栄光は逃したが、死は免れなかった。しかし、F・W・グラフ・シューレンブルクは別格だ。彼は世界史に名を残す人物だ。フリードリッヒ・ヴェルナー・グラフ・フォン・デア・シューレンブルクは、一九二二年から一九三一年まで駐ペルシアのドイツ大使を務めた。それは先ほどの哀れなウィロックと違い、今日でもシューレンブルクは名声を誇っている。それはペルセポリスを三度訪れたからでも、ソ連がドイツ帝国に侵攻されるまで駐ソ連大使を務めていたからでもなく、一九四四年七月のヒトラー暗殺未遂事件である「ワルキューレ作戦」の首謀者の一人だったからだ。反逆罪で逮捕され、死刑を宣告されたシューレンブルクは、ベルリンの刑務所で絞首刑に処せられた。今から一〇〇〇年先、シューレンブルクに関する記憶は、三五〇〇年前に灰燼(かいじん)に帰した宮殿の廃墟に刻まれ、長年の歳月によって消えかかった彼の名前の下に記された年号だけになるのだろうか。

＊

ヤズドへの道にアバルクーフ（Abarkouh）という街がある。ブーヴィエはAbaghou、英語圏の人はAbarkoohと記し、交通標識ではAarkuhという綴りになっている。本書ではAbarkouhという表記を用いることにする。アバルクーフにはイランで最も美しい「風の塔」がある。この風の塔は二万リアル紙幣に描かれているので、イラン人なら誰でも知っている。しかし、この混乱期においても、アバルクーフにわずかな人数であっても観光客が訪れるのは、その糸杉のおかげだ。樹齢四五〇〇年とも言われるアバルクーフの糸杉の木陰では、アケメネス朝の人々、パルティア人、サーサーン朝のチュニック姿の人々、ウマイヤ朝のバブーシュを履いた人々、ティムール朝のターバンを巻いた人々、サファヴィー朝のチャドル姿の人々、そして旅の途中の二人のスイス人が一服した。

夕方この街に着いたとき、また月が太陽の上に昇りつつあった。この糸杉はそうした光景を大昔から眺めてきたのだろう。だが、この世に現われて間もない僕は、樹齢四〇〇〇年以上の大木の背後で青空が深紅に染まる光景を目の当たりにし、生きていることを実感した。この光景にちょっとした音楽が加われば最高だろう……。糸杉から少し離れたところに一人のイラン人の若い男がいた。色あせたジーンズ、タートルネックのセーター、黄色のレンズが入ったパイロット用のサングラス、エルヴィス・プレスリーのような髪型。彼はアコースティックギターを爪弾きながら「バラーイェ」を歌っていた。この歌を公衆の面前で演奏すると投獄される恐れがあった。この歌はイランのリアリティー番組『スター・アカデミー』に出演したR＆Bのシンガーであるシェルヴィーン・ハジプールの作品だ。マフサ・アミニの死後十日で、ハジプールは自宅でこの曲をつくり、インスタグラムに投稿した。四八時間後に再生数は四〇〇〇万回に達した。だが、彼は逮捕され、動画は削除された。ところが、大勢のイラン人がこの曲を覚え、自宅の窓を開けてこの曲を流した。自由を賛美するこの曲はメガヒットになり、イスラム共和国をこき下ろす曲として認定された。あの日、ペルシアで最も古い樹木の前でペルシアのエルヴィスが歌う「バラーイェ」を聴けば、冷酷な心の持ち主であっても涙を流しただろう。

ヤズド

この都市の住民は、一年の半分は暑さでへばってしまいそうになる。そこで、三〇〇〇年前から暑さ対策が講じられてきた。昼寝だ。昼過ぎから夕方五時まで、通りは閑散となる。住民たちは屋根の平らな自宅に戻る。彼らの練り土の家には、風を「つかまえて」循環させる縦型の巨大な塔「バードギール」から冷たい風が送られてくる。午後五時きっかりに通りは活気づき、人々の活動は再開する。冬場は午後五時七分になると日が暮れるが、人々の活動は続く。アミール・チャフマーグ・モスクの広場では、チャドル姿の母親に連れられた二〇人ほどの子供たちがイラン国旗やハメイニ師の肖像画を掲げて体制への忠誠を誓っていた。

この小さなショーを国営テレビが見逃すはずがなかった。国営テレビの本日のニュースの始まりは次のような感じだっただろう。「デモはアメリカと侵略をやめないイスラエル政権が仕組んだものです。一握りの破壊分子の集まりは、すぐに叩き潰されるでしょう。イラン国民は、最高指導者とイスラム共和国への忠誠をこれまで以上に示しています。イラン国民の忠誠心は、美しい街ヤズドのアミール・チャフマーグ・モスクの広場にいる子供たちの姿を見れば一目瞭然です」。

*

ザラスシュトラに関しては、出生地はイラン北部、誕生は紀元前一〇〇〇年から二〇〇〇年頃というように、よくわかっていない。ザラスシュトラが神話ではなく実在の人物だと仮定すると、われわれが彼の生涯について知っているのは、脈略のない断片的な事柄だけだ。だが、彼が六五一年までサーサーン朝ペルシア帝国の公式宗教だったゾロアスター教の開祖だったことはわかっている。イスラム教の到来により、ゾロアスター教徒は改宗させられ、礼拝所や聖地は破壊された。今日、イランのゾロアスター教徒の数は四万人弱だ。イスラム共和国は、ゾロアスター教徒が彼ら独自の儀式を執り行なうことを容認している。ヤズドにあるゾロアスター教の寺院では、一五〇〇年以上も前に灯されたという火が、青銅製の噴水受けのなかで燃え続けている。このガラス越しに見える火は、一五〇〇年間一度も消えたことがないという。神官たちはスモモの薪をくべている。毎日、男女の信者は靴を脱ぎ、静かにこの火を拝む。それは見る者を浮遊させるような美しさであり、僕の体もわずかに浮き上がった。

「沈黙の塔」もザラスシュトラの信奉者たちのものだ。この塔はヤズド郊外の高台にある。数世紀間にわたり、ゾロアスター教徒の死体は、ここでハゲワシについばまれてきた。このようにして不浄な肉は、水、大地、火を汚すことなく処理されてきた。しかし、シーア派の人々は彼らの「青空での鳥葬」を野蛮だと嫌った。今日、この慣習はイスラム共和国によって終止符が打たれた。それ以降、地、水、火、空気を四大元素とするゾロアスター教徒は、死者を埋葬するようになった。

*

一般的に、イランの観光ビザの有効期限は一か月間だが、現地で延長することができる。

だが、問題はイランのお役所仕事だ。これまで、外国人へのビザ発給手続きが親切だと評判だったのはタブリーズの事務所だった。次にシーラーズ、そしてエスファハーンになり、今日ではヤズドになった。多くの観光客がこの素晴らしい都市での滞在を利用して観光ビザを延長している。

まず、ビザの手続きができる場所を見つける必要がある。街の南にある黄色いレンガ造りの警察署に到着すると、入口で携帯電話を預けるように命じられた。あとは辛抱強く順番を待つだけになったが、英語を話すので同僚たちから一目置かれている口髭の警察官は、今頃になって、観光ビザの延長手続きには――(1)証明写真、(2)パスポートのコピーが必要だと言いだした。そのくらいその場でできると思ったら大間違いだ。口髭の警察官の説明によると、この建物を出た角のところに証明写真を撮ってくれる写真屋があるという。説明に従い、外に出るが、写真屋は見つからない。次の通りまで行ってみるが、やはり見つからない。逆方向かもしれないと思い、引き返すが、それでも見つからない。警察署に戻り、写真屋の場所を再確認した。写真屋はこの建物を出たすぐそこの角にあるが、それは銀行の地下だという。銀行に行き、パスポート用の写真六枚とパスポートのコピー二枚を持って警察署に戻った。口髭の警察官は、滞在先のホテルの領収書も必要だと言い張った。ホテルに戻り、ホテルの印が押されたピンク色の領収書を持って警察署に戻った。ところが、口髭の警察官は自宅に帰ったという。彼が戻ってくるのは午後遅くになるとのこと。仕方がないので午後遅くに出直すと、その日のビザ発給業務は終了していた。

翌日、前日の待ち時間を短縮するために朝八時に到着した。しかし、すでにアフガニスタン人が長蛇の列をなしていた。偶然、口髭の警察官が僕に気づいてくれた。「必要書類は揃ったか」と声をかけてくれる。「よろしい。上司が君に会いたがっている。質問があるそうだ」。二階にある上司のオフィスに通された。他よりも広いオフィスには、他の警察官よりも立派な制服を着た人物がいた。彼は、自分のデスクの前にある長椅子に座るように身振りで促した。しばらく無言の後、怪訝そうな目つきをして指をぽきぽきと鳴らした。おそらく僕を威圧したかったのだろう。彼は大きなデスクの向こう側で立派な椅子に座っていた。腰から下はデスクに隠れていたが、ビーチサンダルを履いているのが見えた。ビーチサンダル姿では、警察官の親分としては迫力不足だった。

「あなたは、ワールドカップ・サッカーはどこの国が勝つと思うか」。親分はこれまでの雰囲気づくりとは裏腹に、意表を突く質問によって沈黙を破った。見解の相違にもかかわらず(彼はブラジル、僕は当然ながらフランス)、一時間後に僕の観光ビザは延長された。こうして、僕はイランに長期滞在できるようになった。

＊

ヤズドには大勢のアフガニスタン人がいる。彼らは相次いでここに流れ着いた。一九七九年のソ連の侵攻から逃れた者たち、一九九六年のタリバン政権から逃れた者たち、二〇〇一年のアメリカの侵攻から逃れた者たち、近年のタリバン復権から逃れた者たち、そしていつの時代においても自国の貧困から逃れた者たちだ。彼らのほとんどは非正規滞在者であり、旧市街のあばら家に無断で住み、逮捕されることを恐れてひっそりと暮らし、イラン人の嫌がる仕事を格安で引き受けることによって生き延びていた。イスラム共和国は、この不法移民を見て見ぬふりをした。テヘランの安宿にいたハビーブが説明してくれたように、イランのアフガニスタン人は、アメリカのメキシコ人と似ていた。つまり、意のままにこき使うことのできる安価な労働力だ。

彼らの大半は、太もものあたりまであるゆったりとしたクルタと呼ばれるシャツを着ている。だが、観光ビザを取得するときに知り合いになったアルクは奇抜な出で立ちだった。黒いスーツ、白いワイシャツ、革製のローファー、ピエール・カルダンのベルト、ロレックスの腕時計（おそらく本物）。われわれは少し言葉を交わし、携帯電話の番号を交換し、その晩、旧市街のレストランで再会した。

アルクはハザラ人という少数民族の出身だった。長年にわたって虐げられてきたハザラ人はおもにヒンドゥークシュ山脈の山間部で暮らし、ペルシア語の方言を話した。シーア派のハザラ人は、スンナ派の政府やタリバンに異端視され、迫害されていた。アルクはハザラ人であるため、かつての留学先であるイランに逃げるまで六か月間投獄されていた。イランでは神学を学んだ。アルクはムッラーだった。コーランを暗記しているので、カウンターテナーの美声で何時間でもコーランを暗唱することができた。スイスに住んでいる彼の婚約者とは四年間会っていなかったが、毎日電話で話をするという。アルコールは飲まず、タバコは吸わなかったが、女遊びはした。彼はそのことを臆面もなく語った。

「ちょっと待ってください。それはイスラム教の教えに反するのではないですか」

「まったくそんなことはない。僕はいつもスィーゲをしている」

一時間、二時間、一〇年間など、期限つきの結婚がスィーゲだ。スィーゲという制度の狙いは、従来型の結婚以外の男女の仲を規制することにある。この制度の利点は、法律を遵守しながら女遊びに興じることができる点だ。問題は、スィーゲを締結するにはムッラーとの面会を取りつけなければならないことだ。つまり、靴を履いてモスクまで出向き、靴を脱いでターバンを巻いた髯面の男にスィーゲの許可を得て、また靴を履いて……。コンドームの包装を見ただけで衝動に駆られる男だっているだろう。アルクの場合、そうした煩わしさを省略することができた。というのも、彼自身がムッラーだったたからだ。性欲を覚えるたびに、彼は女遊びの許可を己に与えた。これは性道徳に関するシーア派の恐るべき柔軟性と言えよう。

ヤズドで暮らし始めて六か月間になるアルクは、大勢の人々と知り合いであり、彼らもアルクのことを知っている様子だった。警察官でさえアルクに挨拶していた。ある晩、アルクはこの街に住むアフガニスタン人の作家をぜひ紹介したいと言ってきた。この作家はアフガニスタンでは筋金入りの無神論者として知られていたが、タリバンのもとでの生活が厳しくなり、亡命を余儀なくされたという。われわれは三人でお茶をすることになった。問題の作家は甲高い声の小柄の男で、彼の英語のレベルは僕のペルシア語程度だったが、幸いにもアルクが通訳を買って出てくれた。この作家は、サルトル、ドゥルーズ、フーコーの熱心な読者であり、フェイスブックに五万人のフォロワーがいるという（サルトル、ドゥルーズ、フーコーが、フェイスブックに五万人のフォロワーがいると自慢するとは思えない）。また、ヤズドで新型コロナウイルス感染症に初めて感染したのは自分だと、武勇伝であるかのように誇らしげに語った。長い入院生活中、イラン元大統領のハサン・ロウハーニーが枕元に見舞いに来たという（パンデミックの最中に、イスラム共和国の大統領が新型コロナウイルス感染症患者の見舞いに訪れたというのは想像しがたい）。そして、世界のそうそうたる権力者と知り合いであり、彼らの携帯電話の番号を知っていると得意顔で語った（僕は、王の屁の匂いを嗅ぎ分けることができると自慢したヴェルサイユ宮殿の廷臣たちのことを思い出した）。

別の晩、アルクはハザラ人の友人たちを僕に紹介したいと言ってきた。彼らはイスラム学校であるマドラサで神学を学ぶムッラーの見習いだという。年齢が十八歳から二十歳のムシュタータ、アブル、カーシムの三人は、二〇台のベッドが置かれた寮の寝室の絨毯の上で胡坐（あぐら）をかいていた。彼らは茶を飲みながら壁に肖像画が貼ってあるハメネイについて議論した。最高指導者であるハメネイを崇めるアブルとカーシムは、暴徒を鎮圧したのは正しい判断と考えていた。一方、ムシュタークは、国家と宗教は分離すべきであり、ハメネイを愚か者と見なしていた。アブルとカーシムは、なぜイランの女性がデモをするのかを理解できない様子だった。イランの女性は、アフガニスタンの女性よりもはるかに大きな自由を享受しているではないか。イランの女性は就労でき、学校に通うことができ、ブルカを着用する必要もない。彼女たちはどうして不満なのだろうか。一方、ムシュタークにとって理解できないのは、アブルとカーシムのほうだった。なぜなら、民主主義はイスラム教と親和性があるからだ。ムシュタークは「最高指導者ハメネイは愚か者だ」と繰り返した。ムシュタークは見識のあるムッラーだ。三人ともアーヤトッラーになることを目指していた。

ムシュタークによると、アーヤトッラーになるのは、プロサッカークラブで言えば、パリ・サンジェルマンFCやFCバルセロナのセンターフォワードになるようなものだという。サッカーではなくシーア派聖職者のスターだ。アーヤトッラーになるには、一日一〇時間の勉強を一〇年間続ける必要がある。イスラム法、コーランの釈義、ハディース（預言者の言行録）、カラーム（弁証法と理性的な議論による神学上の思索）を学ばなければならない。もちろん、祈りも必要だ。アッラーは偉大であっても胃袋を満たすことはしてくれないので、彼ら三人は寝る前に、寮の地下にある秘密工房で派手なハンドバッグをつくってバザールの商人に卸していた。アブルは僕に「これはあなたのガールフレンドに」と言って布製のバッグをくれた。このバッグを手にした僕はヤズドの夜をさまよい歩いた。

ヤズドの夜

ケルマーン

ブーヴィエは、「百五十年前、ケルマーンはショールと盲人で広く知られていた――ガージャール朝の最初の皇帝が住民二万人の目をえぐり出したのだ」と記している。彼の名はアーガー・モハンマド・ハーン。「最も騎士道精神に富むペルシア王」と見なされていたルトフ・アリー・ハーンを生け捕りにしたときも、彼は自らの手でロトフ・アリー・ハーンの目をえぐり出した。敵はケルマーンに逃げ込んだので、アーガー・モハンマド・ハーンは、この街の男性全員を虐殺するか失明させるように命じた。男性たちは整列させられ、大人は斬首され、子供は目をえぐられた。新たな王の前には、二万個の目玉の山が築かれた。

九〇日後、ケルマーンは廃墟になった。目を奪われた子供は乞食になり、街を追い出されて砂漠をさまよい歩いた末に喉の渇きで息絶えるか、村々で自分たちの街は略奪されたと語りながら物乞いをした。[14] 今日、ケルマーンは、この街のサッカークラブの成績の悪さで有名だ。常に最下位であり、定期的に下部リーグに降格している。リーグ表にケルマーンのクラブチームを見つけようと思っても、なかなか見つからない。今シーズンは、一二試合を戦ってわずか二勝。得点はたったの七。監督は防戦一方の５‐４‐１システムに徹した。ケルマーンのクラブチームの長年のサポーターは、「試合を観戦するよりも、盲目であったほうがましだ」と僕に語った。

　だが、今日の話題はワールドカップだ。カタールでは、イランが十六強入りを賭けてアメリカと対戦する。十六強入りするには、アメリカは勝利する必要があり、イランは引き分けでも可能性があった。僕はこの試合の観戦場所を探した。スポーツは戦争の代替であり、ワールドカップでは半世紀前に国交を断絶した国家間で熾烈な戦いが繰り広げられる。これは注目カードだ。ワールドカップが始まってから、僕はフランス・チームの試合をホテルの部屋で観戦してきた。イラン対アメリカの一戦も、ホテルの一室で膝の上にノート

14　カプシチンスキは『国王』のなかで一七九四年にケルマーンの街を襲った恐怖について数ページを割いている。

パソコンをのせ、イラン第1チャンネルのペルシア語の実況中継を楽しむこともできたが、この試合だけはイランの群衆に混じって、彼らの熱気、歓喜、熱狂を味わいたかった。というのも、イランが勝利すればイランにとって記念すべき輝かしい夜になり、この瞬間をイラン国民とともに体験できるからだ。

この街に観戦用の巨大スクリーンが設置されているところはあるだろうか。「郊外のマーダル公園ならあるかもしれない」という情報を得たので行ってみたのだが、猫しかいなかった。そこでアーザーディー・スクエアへと向かった。ここはパリのシャンゼリゼの環状交差点に相当する繁華街だ。ここなら、サポーターの大群がイラン国旗をはためかせながら大騒ぎしているはずだ。ところが、アーザーディー・スクエアはパトカーばかりで閑散としていた。うなだれて安宿に戻る途中、シーシャ〔水パイプ〕バーの窓越しにイラン対アメリカの試合が放映されているのが見えた。天井に据えつけられたプロジェクターが壁に掛けられた白いシーツにこの一戦を映し出していた。客は二人しかいなかった。部屋の奥に陣取った二人の男は水パイプをくゆらせ、ドーハの芝生をスパイクで踏みにじる短パン姿の輩たちを白けた様子で眺めていた。一人は細面の大柄な男で、疑り深い目つきをしていた。もう一人はまんまると太った丸顔の男で、耳の上のあたりで黒髪をきれいに切り揃えていた（そう、金正恩（キム・ジョンウン）にそっくりだった）。

水パイプを注文し、イラン対アメリカの一戦を観戦した。ペナルティエリア内での激しい接触や、大きく外れるシュートの連発など、プロっぽくない退屈な試合だったが、ここでなら観戦を楽しめるはずだ。というのも、ここにはわが友がいるではないか。そう思いながら観戦していると、アメリカがゴールを決めた。僕は、金正恩と彼の手下が顔をゆがめるのではないかと期待したが、水パイプを放り出し、笑顔を浮かべて拍手し始めた。彼らはアメリカのゴールに熱い拍手を送ったのだ。さらには、金正恩は立ち上がって両手を突き上げ、アメリカが母国に対して決めたゴールを祝福した。もちろん、彼らはイラン人なので、いつもならイラン・チームを応援しているのだろうが、このチームは別だった。なぜなら、ワールドカップが始まる数日前、体制がデモを強硬に鎮圧していた一方で、このチームの選手たちはエブラーヒーム・ライシ大統領と握手したからだ。イラン国民はこのチームの選手たちを許せなかった。ワールドカップの初戦で彼らがイスラム共和国の国歌斉唱をボイコットしたのはよかったが、遅きに失した。イラン国民は、このチームが一次リーグでアメリカの糞ったれ野郎のチームと戦って敗退したところで、なんとも思わなかった。イラン・チームが〇対一で敗れると、シーシャバーの主人は、部屋の電気をつけ、プロジェクターを止め、壁に掛けてあった白いシーツを外し、店のシャッターを下ろし、音楽を流した。アルコール飲料の提供は禁止されていた。見つかれば八〇回の鞭打ち刑に処せられ、背中の皮膚はズタズタになる。だが、わがシーシャバーの主人は、そのくらいでは怯(ひる)まなかった。冷蔵庫の背後にある隠し棚から取り出した自家製のアラック〔干しブドウを原料とする蒸留酒〕を四つのコップになみなみと注ぐと、愛国心をこめて全員で乾杯した──イ、イ、イ、イランの敗退に。

僕は「アメリカの糞ったれ野郎」と書いたが、ほとんどのイラン人はアメリカ人に対して悪い印象を持っていない。イラン旅行に出かける前、一九七九年に起きた、イランのアメリカ大使館人質事件を題材にするベン・アフレックの映画『アルゴ』をあらためて観た。この映画では、アメリカの星条旗は燃やされ、イランの学生たちは「アメリカに死を」と叫ぶ。そしてイラン政府は、悪魔の親玉アメリカを中傷する機会を逃さず、古臭い決まり文句を連発する。ようするに、イラン人とアメリカ人は互いに憎み合っているというお馴染みの図だ。ところが、事情はまったく異なる。僕の出会ったイラン人たちは「われわれはアメリカが大好きだ」と胸に手を当てて誓った。彼らはアメリカのテレビアニメ『シンプソンズ』を観ながら英語を学び、ハリウッド映画をダウンロードし、エア・ジョーダンを履き、ヤンキースのロゴの入った野球帽を被り、ニューヨーク観光やビッグマック[15]を味わうことを夢見ていた。

15 イスラム共和国にも功績はある。それはイランにはマクドナルドがないことだ。

ムッラーはアメリカを憎んでいた。だが、アメリカを愛する彼らは、ムッラーを憎むことによってアメリカをさらに愛した。

もう一つのよくある誤解は、二〇二二年末のイランは火の海だったという言説だ。僕は、「黄色いベスト運動」〔二〇一八年十一月に起こったフランス政府への抗議運動〕のデモが行なわれていた土曜日の午後、アメリカのFOXニュースによるシャンゼリゼ通りからのライブ中継を見ていたときのことを思い出す。「黄色いベスト運動」の土曜日午後の光景として、破壊されたショーウィンドー、放火されたごみ箱やキオスク、剝がされた石畳、大勢の機動隊員などが映し出されていた。現地のレポーターはきわめて深刻な状況と伝え、「現在、フランスは異常事態」というショッキングな見出しが流れていた。FOXニュースだけを見ると、パリだけでなく、フランス全土が廃墟と化したと思ったことだろう。視聴者は、デモ隊が兵器庫から武器を略奪し、大統領官邸を占拠し、マクロン大統領の首を串刺しにして持ち運ぶ光景を想像したはずだ。僕は興味をそそられて現場の様子を見にいった。たしかに、シャルル・ド・ゴール広場付近はちょっとした騒ぎになっていたし、ガラス屋への注文が殺到するという経済効果もあっただろう。しかし同時に、近くの通りでは、カフェのテラスで寛ぐ人やジョギングをする人などもいて、彼らは三〇〇メートル先での騒動のことなどまったく気にしていなかった。

ＦＯＸニュースの「黄色いベスト運動」の報道以来、僕はメディアの「針小棒大」に注意するようになった。イランから送られてくる映像を見ると、イランは炎上して血の海と化したような印象を受けただろう。実際は、デモは短時間で鎮圧されたので、人々は何事もなかったかのように元の生活に戻った。つまり、仕事に励み、休日は、買い物、公園での散歩、卓球、チェスを楽しむ日常だ。ケルマーンでは、警官隊がバザール付近でデモ隊を棍棒でぶん殴っているとき、そこから二本離れた通りにあるレストランでは、婚約パーティーが開かれていた。ヤシの木と泉水のあるレストランの中庭の大きなテーブルを囲んで、二組の家族がいた。婚約者の妹を含めて総勢四十人ほどだった。婚約者の祖母はチャドルを着ていた。婚約者の母はヘジャブを着用していた。そして婚約者の妹は何も被っていなかった。彼女の明るい栗毛色の髪はオレンジ色のウールのカシュクール〔胸の前に打ち合わせのある衣服〕に垂れ下がっていた。料理が次々と運ばれてきた。アルコールなしの堅苦しい雰囲気の会食にミュージシャンたちが登場した。タール〔弦楽器〕、カマーンチェ〔弦楽器〕、トンバク〔打楽器〕の演奏に合わせて、男性歌手が歌い始めた。婚約者の妹は、親指と中指を使って指を鳴らしながら拍子をとった。次に、手を叩き始めた。参列者は彼女を凝視し、互いに顔を見合わせたが、誰も彼女に加わらなかった。彼女は手を叩きつづけた。イスラム共和国では、街頭で踊ることは禁じられているが、彼女は立ち上がり、イスラム教の修道僧のように回転しはじめた。最初はゆっくりだった回転数は次第に速くなり、片方の腕を天空に向かって伸ばすと、回転数はさらに速くなった。黒のチャドル姿の人々が見守るなか、オレンジ色の服を着た跳ね返り娘の髪は、風になびいていた。

ミラン・クンデラは次のように記している。「われわれの脳には、魅了されたもの、感動させられたもの、人生に美を与えてくれたもの、つまり、詩的な記憶とでも呼ぶべきものを記憶する部位があるようだ」。僕のイランに関する詩的な記憶を一つだけ選ぶとしたら、このときの光景だろう。

バムへの道

人は旅に出ると謙虚になる。

自分のことを現代の冒険家だと思っていても、いずれ本物の旅人と出会い、自分は単なる旅行者だと悟ることになる。夢想家であり、甘ったれた変わり者である旅人は、あくなき探求心を抱く。自宅での暮らしに満足できず、定住民としてのプチブル的な楽しみを捨て去り、世界地図に己の人生の軌道を描く。「人生がひび割れた者は幸いだ。ひびから光が差し込んでくるからだ」という諺もあるではないか。ドイツ語圏のスイス人ローマンもその一人だ。四十歳になるローマンは一四年間も旅を続けていた。ある日、彼は一九八七年式のトヨタのランドクルーザーを購入した。購入時の走行距離は二〇万キロメートルだった。この車に荷物を詰め込み、旅に出た。ルート砂漠で僕が最後に確認したとき、この車の走行距離は四六万三八五三キロメートルになっていた。四年前、ローマンはアンコール・ワットの近くでカンボジア人女性のコイと恋に落ちた。コイはヨガ愛好家で旅行代理店に勤め、最高の東南アジア料理をつくる女性だった。ローマンと結婚したコイは遊牧民になった。チューリッヒを出発した彼らは、プノンペンまでゆっくりと移動中だという。彼らとはエスファハーン・ヘリテージ・ホステルの食堂で出会った。そのとき、僕は自分の計画について語った。スイス人作家の足跡を辿り、イランを横断中であると説明したのだ。ローマンは「えっ、本当（ヴィークリッヒ）！　信じられない（ニヒト・ズ・ファッセン）」と腰を抜かした。彼はその場から離れると、ランドクルーザーから、色あせたニコラ・ブーヴィエのドイツ語版の『世界の使い方』を持ってきた。彼らも（少なくともイランまでは）ブーヴィエの足跡を辿る予定だという。そして、ほんの少し寄り道をする。たとえば、ケルマーンに行く前に、バンダレ・アッバースに寄って、二か月前にイスタンブールで知り合ったイローナとマニュエルの二人と落ち合う。彼らは一緒にルート砂漠を横断してパキスタンを目指す。途中、僕の目的地であるザーヘダーンも通過する。「君さえよければ、僕らと一緒に行かないか」。

　こうして、僕はケルマーンでローマンとコイに再会した。彼らは縮尺が一五〇万分の一のイラン地図にかじりついていた。ルート砂漠に入る前に、行程をしっかりと確認しておく必要があったからだ。そして水と燃料を充分に確保しておかなければならない。

　水に関して、ローマンには苦い思い出がある。一五年前、初めて砂漠を横断したときのことだ。彼は砂丘を見るためにアスファルト舗装の幹線道路から外れてオフロードに入った。道なき道を進んだ彼のランドクルーザーは、砂丘を迂回したところで立ち往生（スタック）した。アクセルをべた踏みしても、タイヤの周りの砂を手で掘っても抜け出せない。気温は四七度。携帯電話はつながらず、方位磁石はなかった。そしてこれから紹介するように、運にも恵まれなかった。数日中に車が現れてくれれば、何とか持ちこたえることができるだろうと考えた。テント、寝袋、薪、そして村の井戸から汲み上げた一五リットルの水があったからだ。水のことを考えると喉の渇きを覚えた。すぐに一日当たりの水の消費量の上限を決めなければならなかったが、一五リットルもあるのだから、まずは一口飲んでから考えることにした。ランドクルーザーのトランクを開け、水の入った缶の蓋を外し、缶（一五リットルなのでかなり重い）を両手で持ち上げて一口飲んだ。そのとき、手が滑って缶を地面に落としてしまった。缶からこぼれた水はすぐに砂に染み込んだ。いや、それどころか、口に含んだ水は塩水だった。井戸から汲んだ水は海水だったのだ。塩辛くて飲めたものでなく、すぐに吐き出した。なんてこった（シャイセ）。携帯電話の電源を入れてみるが、電波は相変わらず届かない。

砂だらけのランドクルーザーのダッシュボードの温度計は四八度。自分がどこにいるのかさえわからないが、一つだけ確かなことがあった。それは半径一〇〇キロメートル圏内に生きた人間は誰もいないということだった。テントを張り、その中で横になり、誰かが通り過ぎるのを待った。だが、通り過ぎる者は誰もおらず、喉の渇きはさらに強まった。このままでは干からびてしまう。一か八かの賭けに出た。真夜中、テントから出ると幹線道路があったと思われる方角に向けて二時間ほど歩き続けた。いくつもの砂丘を越えた。だが、景色は一向に変わらず一面砂漠であり、幹線道路は見えない。「もっと先なのだろうか」「もしかしたら反対方向だったのかもしれない」「暗闇のなかで道を間違えたのかもしれない」などと思慮をめぐらしながら、さらに二〇分、三〇分と歩いたが、やはり幹線道路は見えない。やがて夜が明けた。夜明けとともに、ブーヴィエの表現を借りると「空につき上げた拳」のような太陽が現われた。ローマンはランドクルーザーに引き返した。太陽光で熱くなった砂だらけのボンネットに(卵があれば割ってオムレツをつくっただろう)二本の指で「ＨＥＬＰ」と記し、まだ涼しいテントの中に戻った。外に出るのは(喉は乾いていても)小便のためだけになった。テントの中で目を閉じ、湖、泉、噴水にいる自分を想像した。水があって、その水を飲むことのできる場所ならどこでもよかった。一本のペットボトルのためなら、自分のなけなしの全財産を投げ出しただろう。もう眠るしか方法はなかった。眠りに落ちると、唇が動いた。清水が勢いよく流れ出る蛇口から水をガブ飲みする夢を見たからだ。そして彼は聞き覚えのある物音で目を覚ました。エンジン音だ。喜ぶのはまだ早い。幻覚や幻聴かもしれない。テントから出ると、ギラギラの太陽光で目がくらんだ。片手で目の上に庇(ひさし)をつくると、一台の車が見えた。だが、その車はテントから遠ざかっていく。彼は両手を口の周りに当て、なけなしの力を振り絞って叫んだ。しかし、彼の声はあまりにも弱々しかった。そこで彼は、自分の腕、脚、頭を激しく揺り動かしながら飛び上がった。バックミラー越しに彼を発見した運転手は、なぜこの男は五〇度もある砂漠の真ん中で挙手跳躍運動(ジャンピング・ジャック)しているのかと不思議に思い、引き返してきた。そこには、顔色の悪い若者がいた。唇はひび割れ、目には涙を浮かべている。彼は運転手に跪いて「ウォーター、ウォーター」と懇願した。そのとき、ローマンは贅沢の定義を完全に見直した。高級ホテルのイギリス式庭園の東屋で、シャンパングラスに注いだ超高級シャンパンを味わうことが贅沢のきわみと考える人々がいるのは、わからないでもない。しかし、砂漠の真ん中で手渡された一本のペットボトルは、ジュネーブの銀行に蓄えられたすべてのお金よりも価値があるだろう。ローマンはこのときの体験から、誰かが現われて助けてくれることはもうないだろうから、もし再び砂漠を横断するのならトランクに飲料水をたんまりと積むべきだと悟った。

われわれは三日分として五〇リットルの水を用意した。あとは燃料を満タンにするだけだ。

イランでは、トラックはガソリンだ。もし、ディーゼル車なら（イローナとマニュエルのプジョーと、コイとローマンのランドクルーザー）、話はちょっと厄介だ。まず、ディーゼルを販売しているガソリンスタンドを見つける必要がある。街の郊外に行けば、ディーゼルを販売するガソリンスタンドは見つかる。だが問題は、それらのガソリンスタンドは大型車専用であることだ。国はディーゼルの販売価格に補助金を支給しているので、トラックのドライバーは専用のカードを持っている。われわれ一般人がそこでディーゼルを購入することはできない。専用のカード以外での支払いはできないので、トラックのドライバーと交渉することになる。拙いペルシア語を駆使して購入する量と価格を決めるのだ。面倒な作業だが、いずれは自分の割り当ての一部を一握りのトマーンと交換してくれるドライバーが見つかる。もちろん、価格は専用のカードで購入するよりも二〇倍くらい高いが、それでもヨーロッパの価格と比較すると二〇分の一だ。イランのディーゼル一リットルの価格は三〇〇トマーンであり、換算すると〇・〇一ユーロだ。燃料を満タンにしたらルート砂漠へと出発だ。

先頭はローマンとコイのランドクルーザー、そして、イローナ、マニュエル、僕のプジョーが続く。二年前、ボーデン湖の近くにある自宅に閉じこもっていたイローナとマニュエルは、国境が再会したら旅に出ようと誓い合った。四十代のマニュエルは、英国紳士風の物静かな人で、人生の数多くの謎を解き明かしてきたといった雰囲気を醸し出していた。イローナは彼のそうした雰囲気に惹かれたのかもしれない。僕がイローナだったら、そう感じただろう。二十五歳の金髪でほっそりとしたイローナはスイス育ちだ。彼女は、世界はスイスよりも広いはずだと直感し、実際に行って確かめたいという思いを募らせていた。当初、イローナとマニュエルはバックパッカーとしてヒッチハイクやバスでアジアを横断しようと考えていた。ところが、自宅の隣にある消防団が救急車を売りに出した。状態は非常によく、ほとんど新品。真っ赤なボディーには、サイレンとその町の消防団の紋章がついていた。彼らはこの車を購入した。サイレンは外したが、紋章は残し、ベッド、シャワー、小型キッチン、カセット式トイレ、松の木でできたルーフ・デッキを取りつけた。六か月前に自宅を出発し、僕を乗せてくれた時点ですでに二万五〇〇〇キロメートルを走破し、イローナの叔母が住むオーストラリアを目指していた。叔母の家の前に着いたらサイレンを再び取りつけ、到着を知らせるつもりだという。

一時間ほど走ったところで、道端でパンク修理をしているサイクリストを見つけた。われわれは手助けできるかもしれないと思い、車を止めた。その男は上半身裸で、脱いだTシャツを頭に巻いてた。よく見ると、何とマレクだった。テヘランで出会ったドイツ人の若者マレクは、トルコで妻に捨てられた後、自転車で人生の旅に出ていた。マレクの自転車旅行は多難だった。タイヤはパンクし、チェーンは切れ、サドルは外れる。ようするに、故障が連発し、マレクは自転車にうんざりしていた。イローナとマニュエルの車の後部には自転車用ラックがついていた。「もし君がよければ、自転車をこのラックに載せて、われわれと一緒に旅を続けないか」という誘いを、マレクは迷うことなく受け入れた。こうして、ドイツ人、スイス人三人、カンボジア人、フランス人が砂漠をさまようという、珍道中が始まった。

ルート砂漠

ひび割れた大地、砂丘、岩だらけの尾根、黄土色とベージュ、夕暮れ時の灰緑色……。残念ながら、僕は砂漠をうまく表現できない。この世には砂漠のように、見るためだけに存在するという風景があるのかもしれない。砂漠を描写するには、少なくともアラビアのロレンスくらいでなければならないだろう。ルート砂漠に夜が訪れた。われわれはテントを張り、穴を掘り、薪を拾い集めた。ローマンは焚火に薪をくべ、イローナは笛を吹き、マニュエルはハンドパン〔素手で叩いて演奏できるスティールパンとしてスイスで開発された金属製の打楽器〕で伴奏し、コイはスイカを切り、マレクは目に涙を浮かべていた。僕はマレクの背中を軽く叩いて慰めた。「元気を出せよ。

数千キロメートルも走ったのだから、彼女のことなど忘れてしまうさ」。

ケシート

われわれはケルマーンとバムの中間に位置するオアシスであるケシートに立ち寄った。イラン人でもケシートを知っている人はあまりいない。ケシートはイランの秘境だ。人っ子一人いない不毛の砂漠を車で何時間も走ると、遠くに小さな緑の点が見えてくる。さらに一時間ほど走ると、その緑の点はヤシの木の茂る村だとわかる。黒いチャドル姿の老女たちが戸口でおしゃべりをし、バイクに乗った若者たちがこの村で唯一側溝のある道路を行き交う。側溝には、どこから流れてきたのかは神のみぞ知る清らかな水が流れている。砂漠の真ん中に千人ほど人々が暮らしていること自体、すでに奇跡だが、本当の奇跡は、村から少し離れた丘の上にある。それがケシートの廃墟だ。
近年では、ちょっとした古い岩でもユネスコの世界遺産に登録されているのに、ケシートの遺跡があまり知られていないのは異常であり、実に嘆かわしいことだ。ある村人によると、この廃墟は六〇〇〇年ほど前のものだという。別の村人によると、一〇〇〇年ほど前のセルジューク朝のものだという。三人目の村人によると、二十世紀初頭の曽祖父のときにはすでに廃墟だったという。僕に言わせれば、ケシートはイランのマチュ・ピチュだ。この遺跡を歩き回ると、自分が一九一一年七月二十四日の朝にマチュ・ピチュを発見したハイラム・ビンガム三世になったような気分になる。マレクと僕は、この遺跡の第一発見者であるかのように無邪気にはしゃいだ。

午後五時ごろ、日が暮れた。遺跡のふもとにテントを張り、焚火を囲んでいると、二人の警察官が四輪駆動車でやってきた。煙が立ち上っているのを、ケシートの平和で退屈な村役場の窓から見た彼らは、現場を確認するために駆けつけたのだ。一人の警察官がわれわれのパスポートとビザを確認する間、もう一人の警察官は脱いだブーツに唾を吐きかけ、ラクダ皮で磨いていた。彼の英語のボキャブラリーは great と danger の二語だけであり、この二つの単語をひたすらと繰り返した。

ケシートの遺跡にいるマレク

「どんな危険があるのですか」と何度も尋ねたが、埒が明かなかった。英語混じりのペルシア語、身振り、そして懇願の表情を浮かべて「出発は明日の早朝。今晩だけここで過ごさせてください」とお願いしたが、無駄だった。Great danger なので、われわれはそこに留まることができなかった。テントをたたみ、荷物をまとめ、火を消し、二人の警察官が乗った車の後について村の警察署まで行った。警察署の向かいには小さな庭があった。ここなら安全というわけだ。僕はヤシの木の下にテントを張った。マレクは二本の木の間にハンモックを吊るした。われわれは安心して眠ることができた。というのも、向かい側では、銃を持った二人の警察官がわれわれをしっかりと見守ってくれていたからだ。

バム

巨大な要塞都市として知られているバムは、十九世紀に放棄され、二〇年前にほぼ全壊した。その後、ヴェネツィアのサン・マルコ広場の鐘楼のように「元あった場所に元通りに」再建された。ただし、二五〇〇年ほどの歴史を持つとされる要塞は、あまりにも新しく見える。レンガ造りの壁に「ペンキ塗りたて注意」という看板を貼っておきたい気分だ。真に感動するには、腕のよい職人でも真似できない何かが欠けていた。それは歳月の重みだ。一〇〇〇年後に訪れるのが理想かもしれない。しかし、正直に言ってバムを再訪することはないだろう。要塞都市と同様、眼下に広がる近代的な街も、二〇〇三年十二月二十六日の地震でほぼ全壊した。マグニチュード6・8の地震により、四万人以上が犠牲になり、およそ五万人が負傷した。われわれが泊まった安宿の主人も、六時間も安宿の瓦礫の下敷きになったという。元ボクサーで八十歳の主人は、一〇年間を費やして自身の手で安宿を再建した。遠方からやってきてこの宿に泊まるのが、われわれができるせめてものことだった。

ルート砂漠は5G〔第五世代移動通信システム〕エリアではなく、新聞も届かない僻地だった。

「イランは道徳警察を廃止する」というニュースは、国内の新聞で大きく取り上げられたようだが、われわれはこのニュースをバムに到着してから知った。

一六年間にわたって「風紀とヘジャブの文化を広める」ために国内をパトロールしてきた道徳警察は廃止されるという。言い換えると、髪を覆っていない女性を捕まえ、バンに乗せ、監禁し、殴り殺すことさえしてきた「指導パトロール隊」に従事する緑色の制服を着た男たちとカラス姿〔黒色のチャドルを着用〕の女たちはお払い箱になる。

驚きのニュースではないか。

ニルファルにメッセージを送る。

明るい兆(きざし)だね?

違う。

ニルファルの解説は次の通りだ。

これは検事総長の発表だが、道徳警察は検事総長の管轄下になく、検事総長には道徳警察の存続に関する権限はない。また、ヘジャブの着用は依然として義務であり、検事総長自身、「司法当局は法の遵守を注視しつづける」と明言している。しかも、検事総長の発言に同意した政府関係者とムッラーは誰もいない。ようするに、外国のメディアは大騒ぎしたが、体制側の譲歩は一切なかったのだ。この発言は、ゼネストを準備するイラン国民の態度を軟化させるためのブラフ、ごまかし、陽動作戦にすぎなかった。道徳警察の活動は、廃止どころか強化さえされている。たとえば、大学にはそれまでの数週間、ヘジャブなしでも出入りできたが、ここ数日は髪を覆っていないと入ることができなくなった。大学の門前でチャドル姿の年配の女性が見張るようになったからだ。現体制はライシ大統領の言葉を借りると「敵対的な要素には容赦しない」という姿勢を貫くはずだ。つまり、デモ隊のことだ。その証拠に、つい先日、裁判所は五人に死刑判決を下した。そのうちの一人が空手の国内チャンピオンでナショナルチームに所属していたモハンマド・マフディー・キャラミーだ〔クルド系イラン人。今回のデモの最中に民兵を殺害したとされる〕。彼の死刑が執行された後、ツイッターで彼が父親と交わした会話の音声が公開された。キャラミーは、「死刑を宣告された。

ママには内緒にしておいてくれ[16]」と訴えていた。

16　しかし、母親も息子の死刑判決を知った。アルボルズ州のナザラーバード出身の雑貨商の両親は、息子の死刑を減刑してくれるように司法当局に土下座して懇願した。しかし、上告は棄却され、死刑が確定した。二〇二三年一月七日の朝、死刑は執行された。

ザーヘダーン

スィスターン・バルチェスターン州ザーヘダーン。人口はおよそ六〇万人、標高は海抜一三七七メートル、旅行者の間での評判はすこぶる悪い。

この地域に住むバルーチ人の評判が悪いのは、今日に始まったことではない。すでに一九七〇年代、アメリカの旅行作家ポール・セルーがイギリスから日本までの鉄道旅行を計画していたとき[17]、バルチェスターンに興味があると大使館員に打ち明けると、その大使館員は驚いた表情で「えっ、バルチェスターンですか。〔…〕悪いことは言わないから、

17　ポール・セルー『鉄道大バザール』〔阿川弘之訳、講談社文芸文庫、二〇一二年〕。

あそこはやめておいたほうがよいですよ」と警告したという。セルーはこのアドバイスに従い、バルチェスターンを諦め、イラン北東部のマシュハド行きの切符を購入した。その後も、バルーチ人の評判に変化はない。

フランスでは「イランには行かないほうがよい」と言われた。イランでは「君が面白いと思ったところに行けばよい。ただし、バルチェスターンには行かないように」と言われた。

バルーチ人は「ようこそ、バルチェスターンへ」と歓迎してくれた。

コイとローマン、そしてイローナとマニュエルは、正午過ぎにマレクと僕をザーヘダーンに降ろし、パキスタンのクエッタへ向けて旅を続けた。ザーヘダーンの住民は、マレクと僕を目にしても不満そうな表情を浮かべることはなかった。ここまでやってくるヨーロッパ人旅行者はまだ稀だった。バルチェスターンに外国人旅行者が寄りつかないのは、バルーチ人の評判が悪いからであり、地理的に遠すぎるからだった。イラン南東にあるバルチェスターンは、パキスタンとアフガニスタンにまたがる。バルーチ人はイラン人とあまりにも異なっていた。彼らの言語はバルーチ語であり、彼らのイスラム教は、シーア派ではなくスンナ派だ。クルド人と同様、衣服も異なっていた。ブーヴィエは次のように記している。「白いターバン、房に分けた黒い髪、トランプのジャックのように焼けた顔つき、火の中から取り出した薪のような表情、そこはすでにバルーチだった」。

子羊のように穏やかで豚のように太り、この世に生まれて四〇年、ここ六年間はもっぱらアヘンを吸っていた。マレクがインターネットで見つけた民泊先の主人は、毎朝七時に起床する。診療所に着くと（彼は医師だったが、患者は彼のような中毒者だけになっていた）、コンロで軽く温めたアヘンを、針を使ってパイプに詰め、これをゆっくりとくゆらせる。胡坐をかき（長年かけて股関節の柔軟性を高めた彼なら、ヨガの先生になれただろう）、ペルシア語のBBCニュースを観たり、通りすがりの人々と世間話をしたりしながら、パイプを吸って何時間も過ごす。誰かと会うときは、怪しげなシミが点在する白い綿のパジャマ・ズボンと、色あせたよれよれのVネックのTシャツに着替える。独りで吸うときはパンツ一丁だ。しかし、街を出歩くときはまともな恰好をしていた。アヘンの匂いが衣服に染み込んでいたが、妻は彼がアヘンを吸っていることを知らなかった。妻は彼のことを忍耐強い働き者であり、シーラーズ（妻の出身地）で家を購入するために辛抱強く貯蓄していると思っていた。だが、彼が将来的にシーラーズに行くことはないだろうし、ましてやそこで家を持つこともないだろう（シーラーズの家は、日々の煙とともに遠ざかった）。ここ数年間、稼ぎはなかったが、彼はあまり心配していない様子だった。なぜなら、現実から一時的に逃避し、人生の崩壊や自己の破滅を忘れさせてくれるのが、アヘンの効用の一つだったからだ。

ザーヘダーンは人口五〇万人以上の街かもしれないが、わがアヘン中毒者によると、ここは墓穴だという。彼は不幸にもここで生まれ、不幸にもここで暮らし、このままでは不幸にもここで死ぬことになる。ここでは何もすることがなかった。密輸業者の街であり、密売などの悪行に都合がよい街にすぎなかった。彼はこの街を忌み嫌っていたが、それでもこの街には一つだけよいことがあった。それはアヘンの価格がテヘランよりもずっと安いことだった。そしてクラック・コカイン、ヘロイン、合成麻薬などと異なり、アヘンにはまがい物がないので、安心して吸うことができた。問題は、アヘンを吸引すると便秘になることだった。彼はトイレに行く代わりに放屁するようになった。男性ばかりの部屋では、彼は気兼ねなく放屁した。その風圧でマレクの金髪のくせ毛はまっすぐになった。胡坐をかいた彼は片方の尻を上げ、ため息のような気だるい無音の屁を長々と放った。そして何事もなかったようにパイプをくゆらせた。こうして彼は独特の匂いのする場に居続けるのだった。ザーヘダーンがわれわれを待っていた。

マレクは本屋を探していた。バルーチ語版の『星の王子さま』を買いたかったのだ。「私の星の王子さま（マイン・クライナー・プリンツ）」が、彼の妻が彼につけたあだ名だった。正確には彼の前妻だが、前妻と呼ぶのは癒えない傷に塩を塗るようなものだった。彼が見知らぬ土地に着いて最初にするのは、その土地の言語に翻訳された『星の王子さま』を買うことだった。そして家に戻って真っ先にするのは、各地で買い集めた『星の王子さま』を本棚に並べることだという。彼女が自分を愛していたことを思い出すために『星の王子さま』を本棚に並べるのが、彼ができるせめてものことだった。マレクについて、もう少し語っておきたい。純粋な心の持ち主、多感、好奇心旺盛、乗馬の名手、ボランティア消防士、詩と格言の愛好家。彼のお気に入りは、ジュール・ルナールの詩だった。「蝶、二つ折りの恋文が、花の番地を捜している」〔岸田國士訳の『博物誌』所収〕。誰かと一緒にいるのもよいが、あえて独りになり、森のかなたをさまようほうが好きだった。彼の唯一の欠点は、すべてを語りたいという抑えがたい欲求の持ち主であることだった。長々と話し、結局は自分自身が疲れ果ててしまう。マレクには、話したいことや質問したいことが山ほどある。何事にも関心を持つマレクは自分でも認めているように、さまざまな情報を豊富に持っている。どうでもよい情報もあるが、貴重な情報だってある。たとえば、二〇二二年九月三十日金曜日にザーヘダーンで起こった事件（バルーチ人は「血の金曜日」と呼んでいる）を最初に教えてくれたのはマレクだった。

「血の金曜日」について語ってくれた二人目の人物は、イラン最大のスンナ派モスクであるマッキー・モスクでわれわれをガイドしてくれた五十歳代の男性だ。

——あの日は、週に一度の重要な礼拝の日でした。われわれスンナ派は一日に五回お祈りをします。一回目は夜明け、二回目は正午過ぎ、三回目は午後、四回目は日没後、五回目は夜です。毎週金曜日、ザーヘダーンの住民は、ここから五〇〇メートルほど離れたグランド・モサッラーという広場に集まって祈りを捧げます。あの金曜日も広場で一二時一五分ごろまで祈っていました。私の家は広場の近くにあり、家まで歩くと、知り合いに会わなければ一〇分、知り合いに会えば一時間くらいです。ザーヘダーンの住民が祈りを捧げるグランド・モサッラー広場の向かいには警察署があります。

「あの日の一二時半ごろ、警察署の前で小さな人だかりができ、人々はスローガンを叫びはじめました。それは、テヘランであの若い女性が死んだ二週間後のことでした。あなたも、その事件のことはご存じでしょう。キュロス大王、ダレイオス一世、イブン・スィーナー、フェルドウスィー、アミール・キャビール、ホメイニ師など、イランの偉人たちよりも、彼女の名前マフサ・アミニは知れわたっていますからね。私は、最初、群衆はマフサ・アミニのためにスローガンを叫んでいるのだと思っていました。だが、そうではありませんでした。別の事件で騒いでいたのです。バルチェスターンで起きたことなので、あなたはその事件のことをご存じないでしょう。辺境の地バルチェスターンで起こったことなど、誰も知らないし、誰も気に留めませんからね。それは、バルチェスターン南部のチャーバハールで起こった事件です。警察の司令官が十五歳の少女を尋問する際に、取り調べと称して服を脱がせ、この少女を暴行したのです。少女は帰宅後、このことを母親に話しました。母親は夫に話しました。夫はモスクに行き、ムッラーにこのことを話しました。金曜日の礼拝後、ムッラーはこのことを信者たちに話しました。少女はスンナ派、警察の司令官はシーア派でした。こうしてバザールは騒然となったのです」

「われわれスンナ派が世界全体のイスラム教徒に占める割合は九〇パーセントですが、イランでは一〇パーセントにすぎず、残りの九〇パーセントはシーア派です。この国のスンナ派はおもに二つの地域にいます。コルデスターンとバルチェスターンです。この国で最も貧しく、最も差別され、現体制によって最も抑圧されている地域はどこか知っていますか。コルデスターンとバルチェスターンです。イランには八〇〇万人もスンナ派がいます。ところが、テヘランにはスンナ派のモスクが一つもありません。大聖堂、カトリック教会、正教会、ゾロアスター教寺院、シナゴーグはあっても、スンナ派のモスクは一つもないのです。スンナ派のモスクの建設に関しては、国王は望まなかったし、ホメイニは約束したにもかかわらず実行していません。わが国はイスラム共和国と呼ばれていますが、正しくはシーア派イスラム共和国です」

「ザーヘダーンにはイランで最も美しく大きいスンナ派のモスクがあります。今、あなたがいるモスクもそうです。ドームがいくつあるかご存じですか。一〇個や一二個ではありません。五二個です。ミナレットが四つあるのはご覧になられたでしょう。ミナレットの高さをご存じですか。五〇メートルですって？ 冗談じゃない、九二メートルです。それだけではありません。マッキー・モスクの収容人数をご存じですか。二万人ですって？ とんでもありません。六万人です。このモスクはまだ拡大中です。では、お見せしましょう（五〇メートルほどの足場が組まれた工事中の礼拝堂に案内してくれた。マレクは、バルーチの伝統衣装の上に黄色い安全ベストを着用して忙しく働く労働者たちの写真を撮った[18]）」

「すでにお伝えしたように、一二時半ごろ、警察署の前では人々がスローガンを叫びはじめました。すると一人の白い服を着た警察官が警察署の屋根に上りました。何人かが屋根に向かって石を投げると、機関銃を持っていたこの警察官は、群衆に向かって発砲しました。バン、バン、バン（引き金を引き、機関銃の音を真似る）。しかし、群衆はちりぢりに

18　マレクはいつもおしゃべりをしていると書いたが、彼は何でも写真に収めるとは、まだ伝えていなかった。風景や人物はもちろん、パリを観光中の中国人のように、すべてを写真に収めていた。だから僕はときどき彼に「気をつけろよ。あまり写真ばかり撮っていると、いつかトラブルになるぞ」と注意していた。だが、彼は僕の注意を満面の笑みを浮かべて聞き流し、注意する僕の姿を撮っていた。一か月後、マレクは、タンクローリーの写真を撮ったためにイスラム革命防衛隊に逮捕され、一〇時間拘束された後、強制送還された。イランの体制側の新聞は「戦略的に重要な石油インフラ設備の写真を撮ったドイツ人がコルデスターンで逮捕される」と報じた。

去るどころか激怒したのです。今度は、群衆が屋根に向かって投石しました。群衆の後方にいた私は、礼拝に使うマットを肩にかけ、その光景を撮影しました（携帯電話を取り出すと、二〇秒間ほどの動画を見せてくれた。動画には、警察署、投石、屋根の上の警察官、この警察官が手にする機関銃などが鮮明に映っていた）。加勢した警察官も含め、少なくとも三人が機関銃をぶっぱなし始めたのです。デモを鎮圧する場合、文明国なら催涙ガス、放水銃、ゴム弾を使用するでしょう。だが、ここでは戦争で使用する武器です。実弾が頭や心臓をぶち抜いたのです。大勢の人々が地面に倒れ、群衆はグランド・モサッラーへと避難しました。グランド・モサッラーは神聖な場だから警察官も撃ってこないだろうと思ったのですが、警察官たちは発砲しつづけました。礼拝のマットに乗せられて数十人の負傷者が運ばれました。自分のマットが担架になるとは思いもしませんでした。これを見てください（彼の携帯電話には、Tシャツは血だらけで、頬が銃弾で吹き飛んだ十二歳くらいの少年が映っていた）。警察官たちは、機関銃をぶっぱなし続けました。バン、バン。われわれは負傷者をマッキー・モスクに運びました。女性たちは脱いだヘジャブで止血体帯をつくりました。血の海を見たのは初めてでした。死者の数は九六人に上りました。このような惨事が、パリ、ベルリン、ニューヨークで起こったのなら、世界中のメディアは何週間にもわたって大々的に取り上げたでしょう。各国の首脳は哀悼の意を表したでしょう。あなたはザーヘダーンの虐殺を知っていましたか。

私が語る以前に、この事件について聞いたことがありましたか」

「ホダーヌール・ロッジェイーという名前を聞いたことがありますか。彼はバルーチ人を弾圧するこの体制が狂っていることを如実に示す人物になりました。ハンサムで二十七歳の陽気なホダーヌールは、音楽好きの好青年でした。彼はとくにダンスが好きでした。インターネットで彼の名前を検索すると、彼が踊っている動画が出てくるはずです。そして刑務所の中庭の地面にしゃがみこみ、柱を抱きかかえるように手錠をかけられた彼の写真を目にするでしょう。喉の渇きを訴える彼の前には、水の入ったコップが置かれています。だが、彼の圏外なのです――そのコップを見ることはできても、手にすることはできないのです。当局はこの写真を彼の家族に送り、彼らを辱めました。その一か月後、彼はようやく釈放されました。それは《血の金曜日》の数日前でした。そして翌日の土曜日、ホダーヌールはデモ参加中に撃たれました。公立病院に運び込まれましたが、この地域の病院はイスラム革命防衛隊の息がかかっていました。病院側が彼の治療に尻込みしたため、彼は十月二日の日曜日に亡くなりました。多くのバルーチ人と同様、彼には、出生証明書、住民登録証、身分証明書などはありませんでした。彼の名前はホダーヌール・ロッジェイー。覚えておいてください」

ザーヘダーンのマッキー・モスク

「問題は、国民が腐敗した体制を権力の座から引きずり降ろそうとしても、腐敗した体制は権力の座に居座ろうとすることです。そして、この体制を動かす者たちは一切譲歩しないことです。だが、われわれは黙ってはいません。機関銃の銃声でも、われわれの声をかき消すことはできません。あの日以降、われわれは毎週金曜日にデモを行なっています。私は死を恐れていません。私の唯一の願いは、この体制が崩壊するのを見届け、われわれを弾圧してきたイランが、抑圧されてきた国民の視線に耐え忍ぶ姿を拝むまで生き延びることです。《血の金曜日》のことを決して忘れないでください。一日で九六人が殺されました。奴らが殺したのは一人の死の九六倍ではありません。なぜなら……」

——一人の死者の背後では千の心臓が力強く脈を打っているからです。

ザーヘダーンからテヘランへ

ザーヘダーンからテヘランまでは列車を利用した。所要時間は最低でも二二時間、風が吹いて線路が砂で埋まると、時間はさらにかかる。列車が停止すると、車掌たちがスコップを持って線路の砂を取り除く。二時間ほど到着が遅れたが、景色を楽しむことができた。運がよければラクダが歩く姿も鑑賞できる。フランス語が少しわかると自負する車掌が僕を車掌室に招き入れてくれた。僕はサフラン・ティーをごちそうになり、彼は頭に浮かぶフランス語の単語を並べ立てた。ボンジュール、アデュー、フォンテーヌ、コクリコ〔ひなげし〕。そしてフランス人の名前を次々と口にした。ドゴール、マクロン、ジダン……。次の名前は喉まで出かかっている様子だった。彼は馬に乗る仕草をして片手をチョッキの中にいれた。

「ナポレオンですか」と僕は助け舟を出す。

「そう、ナポレオンだ！」

彼はアウステルリッツやヴァグラムの戦い〔ナポレオン軍が勝利した戦い〕を思い出した近衛兵のような笑みを浮かべた。

窓の外では、夜が砂漠を徐々に覆いはじめた。車掌は僕に「君はこの風景をbeautifulと思うか」と聞いてきたので「ええ（ウィ）、とても美しい（ベリー・ビューティフル）」と返答した。彼の頭には、いくつかの単語（ターブル、フリット、ジャルダン）がぽつぽつと絞り出されたが、記憶の泉はついに枯れた。額にしわを寄せて集中しても、もう何も思い浮かばない様子だった。僕はお茶をごちそうになったお礼を述べた。車掌は僕をコンパートメントまで送ると申し出た。コンパートメントには、クエッタから来たパキスタン人、三人のバルーチ人、サフランの強烈な匂いを放つアフガニスタン人がいた。彼らはすでに眠っていたが、僕はまったく眠くならなかった。イランを縦断してまだ一か月しか経っていないのに、僕は以前の自分ではなかった。旅の意義は、よその土地の景色に驚嘆するというよりも、新たな視点を持ち帰ることだろう。そして旅は時の流れを濃密にする。自宅での時間はあっという間に過ぎていくが、旅先の一日は一週間、一週間は一か月、一か月は一年、一年は一生に相当する。

僕の乗った列車は、イランの南東部から北西部へと向かった。途中、西から東へと旅したときに目にした風景や街が車窓から見えた。バム、ルート砂漠、ケルマーン、ヤズド……。一か月前、単なる地名だったものが、今日では思い出になっていた。

夜の帳（とばり）が降りると、車掌が忘れていたと思っていた単語が、彼の記憶の片隅からよみがえってきた。すると彼は僕のコンパートメントまで駆け足で訪れ、スライド・ドアを少し空けると、勝ち誇った表情を浮かべてこう叫んだのだ。

「ラタトゥイユ〔夏野菜の煮込み〕」

あるいは、

「シェーヴルフィーユ〔スイカズラ〕」

または、

「ルイ十四世」

列車がイラン高原を疾走する午前三時か四時過ぎ、突然、「バルビシェット〔小さな顎鬚〕」と叫ばれるのが聞こえ、同じコンパートメントの乗客たちを目覚めさせると同時に、僕を考え込ませた。正午には、僕はテヘランに到着していた。

テヘランの安宿に戻る

一か月前に訪れた安宿では、ある晩、何者かがハメネイ師の写真を壁から取り外したという。安宿の堆肥箱の中から見つかったその写真は、オレンジの皮と魚の骨に挟まれていた。だが、誰もその写真を堆肥箱から取り出そうとしなかった。ヘジャブを被っていた若い女性スタッフたちはスカーフを巻いていた。だが、スカーフは襟首の後ろで申し訳程度に巻いてあるだけで、髪をほとんど覆っていなかった。アフガニスタン人たちはメキシコのビザを取得し、姿を消していた。ハビーブはオーストラリアのビザを取得できず、カブールに戻った。ドイツ語に興味を持った彼は、オンラインでドイツ語の授業を受けているという。

ダナンジャヤの消息は不明だった。エーゲ海の小島で楽しく過ごしていればよいのだが。

*

安宿で携帯電話を使ってイラン関係のニュースをチェックした。

一部の勇気あるメディアは命がけで情報を伝え、体制の傷口にペンを差し入れる。たとえば、フランスのある新聞の特派員だ。僕は、毎週一回の割合で掲載されるこの特派員のイランの動向に関する記事をいつも読んでいた。イランへと旅立つ前、この特派員と知り合いだった僕の女友達が彼のメールアドレスを教えてくれた。「私の友人だと言って彼にメールを送ってみたら。彼は現地にいて大勢の人々と知り合いだし、いろいろとアドバイスしてくれるかも」。さっそく僕は「もうすぐイランに行く予定です。あなたにお会いする機会に恵まれたいと願っています」という内容のメールを送った。

きわめてぶっきらぼうな返事が来た（騒乱の最中にいる人物には、挨拶の言葉を書く時間もないのだろう）。

「この時期にイランに行くだと。冗談じゃない、やめとけ」

僕は、父親が八歳の息子に対する口調で諭される年齢をとうに過ぎていた。イラン旅行に危険がともなうことはわかっていたし、どんな危険があるかについても吟味した。すでに行くと決めていた。僕は再び彼にメールを書いた。「次の水曜日にテヘランの空港に到着します。ご多用中、大変恐縮ですが、一時間ほどお時間をいただけませんでしょうか」。

今度の返事は簡潔だった。

「無理だ！」

もちろん、僕はがっかりした。だが、よく考えて見れば、彼はおそろしく多忙で、僕に会う時間などないのだろう……。

「君はわかっていないようだ。僕がテヘランで君に会うことができないのは、つまり、僕がパリにいるからだ」

パリに！

イランに関する記事を書くのにイランにいる必要があるのだろうか。アルチュール・ランボーは海を眺めることなく『酔いどれ船』を執筆したではないか。僕はこれまでの彼の記事を読み返してみた。たしかに、どの記事においても、現地での取材とは謳っていない。だが、彼の記事には、現場を歩き回って拾い集めたと思わせる生々しい描写が満載だった。たとえば、イランの大都市の街角をヘジャブなしでデモ行進する若い女性たちの姿には臨場感があった。機動隊がデモ隊に発射する催涙ガスは読者の涙を誘った。逮捕された若いイラン人女性が独房に押し込まれるとき、独房の扉の蝶番がきしむ音が聞こえるようだった。彼はこれらの描写をテヘランから五〇〇〇キロメートルも離れた地で書き上げたのだ。僕は彼の文才を羨ましく思った。想像力が足りないので自分には無理だ。僕の場合、臨場感を醸し出すには、やはり現場に出向く必要があった。

だが、イランでは何人ものイラン人ジャーナリストが逮捕された。たとえば、マフサ・アミニの死をいち早く報道したニルファル・ハーメディー、そしてアミニの葬儀を報道したエラーへ・モハンマディーだ。ちなみに、彼女たちの弁護士も逮捕された。そしてデモを報道したジャーナリストたちは、恫喝され、強迫され、尋問を受け、監禁され、イスラエルやアメリカのスパイだと糾弾され、「イスラム教に対する冒瀆」や「イスラム共和国の転覆を煽動」という名目で断罪された（最長一〇年の禁固刑）。メディアは抑制され、インターネットは検閲され、SNS（ツイッター、フェイスブック、インスタグラム、テレグラム、ワッツアップ、ユーチューブ）[19]は遮断された。しかし、イラン人は検閲を潜り抜ける術にたけていた。友人同士が交わす最初の質問は、「元気にしてるか」に次いで「君はどのVPNを使ってるの」になった。

19 驚いたことにVPN（仮想専用通信網）なしで機能するアプリケーションがあった。スカイプである。したがって、ほとんどのイラン人との会話では、スカイプを利用した。

外国人ジャーナリストについては、彼らはもうイランにいなかった。マフサ・アミニが亡くなる前にイランに駐在していたジャーナリストは、国外退去しなければならなかった。イスラム共和国は、新たに入国しようとするジャーナリストにビザを発給しなかった。難癖をつける目障りな物書き連中をこっそりと抑圧するつもりだったのだ。外国人ジャーナリストが追い出された結果、われわれの得るイランに関する情報は、断片的かつ部分的になった。とくに、それらは第三者から取得した二次情報だった。記者自身ではなく他者が見たことの報告であり、目撃者の証言だった。

タブリーズ

「冬のタブリーズに行くのはやめろ。凍え死ぬぞ」「この時期にアゼルバイジャン地方に行くなんて、頭がどうかしている」とあちこちで警告された。バムにいたとき、タブリーズに行く計画を地元のボクシングの選手に話すと、彼は人差し指をこめかみに当てる仕草をした。彼の妻は僕の手を握り、憐れむような目をして「こんなきれいな指なのに、なぜ冬のタブリーズに行くの」と気の毒がった。僕が凍傷で指を失うと思ったのだろうか。彼らは、タブリーズに行ったことはなかったが、温度計の読み方は心得ていた。イランの砂漠での暮らしに慣れた彼らにとって、氷点下の寒さは理解を超えていた。

首が動かなかった。テントの中で枕なしで二泊、アヘン中毒者の家の敷物で一泊、とどめに列車の中で丸一日過ごしたせいで、首がほとんど回らなくなった。左向きには少し回すことができたが、右向きに回すのは考えるだけでも無理だった。首の痛みは頸椎から肩にまで広がっていた……。この首の凝りを何とかしなければ。

マレクはタブリーズを訪れた際、アミールと知り合いになった。アミールは多才な二十六歳の青年であり、趣味は車と整体施術だった。ポンコツの車を修理し、整体を行なうことによって生計を立てていた。まあ、自動車整備士兼整体師といったところだ。彼に会いたいと連絡を取ると、「ちょっと待てよ。君って、ホッケー選手と作家をやってた人じゃなかったっけ」。マレクに感謝。

アミールは施術所を持っておらず、自宅で整体を行っていた。自宅もなくなったので（両親宅で暮らしていた）、彼とは公園で会うことになった。アミールの施術法は、丹念なマッサージによって筋肉をほぐし、身体を柔らかくするという、ソフト・タイプではなかった。彼のやり方は整骨療法であり、一発の衝撃で関節をボキボキと鳴らす関節協奏曲だった。何とこれが効いた。たったの三分間ほどで、首回りがスッキリした。施術はあっという間に終わったので、僕らはバザールの路地を歩きながらおしゃべりした。眼鏡をかけ、茶色の長髪が肩まで伸びたアミール。彼はムッラーを嫌悪していた。

「あなたは現体制をどう思いますか」

この国に足を踏み入れて以来、テヘランはもちろん、僻地を含む国内各地において、僕はこの質問を一〇〇人以上の老若男女のイラン人に投げかけてきた。ヤズドの見習いムッラーであるアブルとカーシムは別として（もっとも、彼らはイラン人ではなくアフガニスタン人だった）、ムッラーを絶対視する体制を支持する人物はヤースィーンだけだった。ヒッチハイクした際にエスファハーンまで乗せてくれた元教師だ。もちろん、体制に反対する人々は、外国人なら自分たちの意見に賛同してくれるはずだと思い、外国人と話したがるのかもしれない。とはいえ、一〇〇人に一人という割合は尋常ではない。[20] 多くの国民を憤懣させる一人の人物がいた。それは最高指導者のアーヤトッラー・ハメネイだ。ハメネイに対して憤懣や敵意以上の感情を抱く者もいた。それは自分では鎮めることのできない純然たる激しい憎しみとでも形容できる怨念だった。僕はこれまでアミールほどハメネイを毛嫌いする人物に会ったことがなかった。アミールはハメネイをハエマニと呼んでいた。これは「ハーイェ・イェ・マニー」の短縮形であり、「わが金玉」という意味だった。

20　二〇二二年十一月末、イスラム革命防衛隊が実質的に管理下に置く「独立系」報道機関「ファールス通信」（体制の反対派のイラン人は「フェイク・ニュース」と揶揄している）のインターネット・サイトがハッキングされた際、体制が隠蔽してきた世論調査の結果が明るみに出た。これによると、デモ隊の要求に賛同するイラン国民の割合は八七パーセントだったという。

アミールの両親は彼を厳格なイスラム教徒として育てた。神を信じるように教えられてきたので、アミールはあまり疑問を抱くことなく神を信じていた。そんなある日、学校からの帰り道で、胸まで地面に埋められた一人の女性と、その女性から数メートル離れたところに石を手にした男たちの姿を見た。イランの刑法第一〇四条には、男たちの手にする石は「一回か二回で人が死ぬほど大きくてはならず、石の定義に当てはまらないほど小さくてもいけない」と規定されていた（後日、アミールはこの法律を知る）。チャドル姿だったので女性だとわかったが、顔は見えなかった。というのも、頭は布袋で覆われていたからだ。だが、石を手にした男たちの表情は見えた。男たちは石を投げ始めると、目をギラギラと輝かせた。石が布袋に命中して布地が赤く染まると、満足そうな笑みを浮かべた。彼らはアッラーに代わって石を投げた。「アッラーは偉大なり」と叫ぶ彼らは、大きすぎず小さすぎない石を、布袋めがけて投げた。

帰宅後、アミールはこの光景を話したが、父親は軽く肩をすくめて「その女は石打ちの刑に処せられるに値する罪を犯したのだろう」と語った。アミールは、男たちが一人の女性をめがけて石を投げる行為を、どう考えても納得できなかった。それよりも、神は一体何をしているのだ。十二歳のアミールの脳裏には、古代ギリシアの哲学者エピクロスが思案したのと同様の疑問が浮かんだ。「神は悪に関して、防ぎたいのに防ぐことができないのか。

それとも防ぐことはできるが防ぎたくないのか。それとも防ぐこともできないし防ぎたくもないのか。それとも防ぎたいし防ぐこともできるのか。もし、防ぎたいのに防ぐことができないのなら、神は無能だ。もし、防ぐことはできるが防ぎたくないのなら、神は邪悪だ。もし、防ぐこともできないし防ぎたくもないのなら、神は無能かつ邪悪だ。もし、防ぎたいし防ぐこともできるのなら、神は一体何をしているのか」。アミールのこの疑問に対し、父親は無意識に自分の鬚を撫で（父親は宗教家と同じく立派な鬚を生やしていた）、息子にシャツを脱ぐように命じ、革のベルトで息子の背中を引っ叩いた。アッラーが偉大であることを疑ってはいけないのだ。その後、アミールは宗教教育から解放されたが、信者であるふりをして無神論者であることを隠した。タキーヤ〔危険に際して、イスラム教の信仰を隠す行為〕の反対だ。十八歳のとき、アミールは両親に「宗教なんて嘘っぱちだ。神はとんでもない愚かなろくでなし」と言い放った。その日から両親とは口をきかなくなった。アミールは両親宅に住み続けたが、両親はもう何も言わなくなった。そのほうがお互いのためだった。学校に通うのをやめ、自室でビデオゲームに没頭し、ソフトドラッグに手を出し、ハードドラッグも試し、オンラインポルノを見て、女遊びにも興じた。あの忌々しい兵役さえなければ、実に気楽な日々だった。

体制の高官たちは、ジョージ・オーウェルの『一九八四年』を読んだだろうか。彼らはこの本から教訓を得たに違いない。このディストピア小説が説く国内の反対派を鎮圧する最も効果的な方法は、国民の関心を国外の敵に向けさせることだった。オセアニアは、ユーラシアと戦争中でないときは、イースタシアと戦争中だった。政治で重要なのは、憎むべき敵をつくり出し、自国を常に戦闘状態に置くことだった。一九八〇年代のイランでは、サダム・フセインのイラクがこの役割を担った（ホメイニが権力基盤を強化できたのは、イラクのイラン侵攻のおかげだった）。今日のイランの中東地域のライバルはサウジアラビアだ。もちろん、イスラム共和国には、革命以来受け継がれてきた「小悪魔」や「大悪魔」という敵がいる。イスラエルやアメリカが敵対行為に出る可能性が薄いと思われるときには、国民の間に差し迫った危機感を維持するために、国民にそう信じ込ませる必要があった。その結果が兵役だ。イラン人男子は、愛国心を高めるために一八か月から二四か月の兵役を務めなければならない。いくつかの例外（たとえば、父親の死亡によって世帯主になった場合）を除き、兵役は強制であり、回避できない。それでも回避すると、社会的な義務を放棄したと見なされ、一部の社会的権利を剝奪される。たとえば、外国旅行に行く権利（パスポートを取得できない）、車や不動産を購入する権利、公的機関で働く権利、医療保険に加入する権利などだ。イラン人女子が街頭でヘジャブを着用するように、イラン人男子にとって、兵役は免れることのできない煩わしい義務であり、これを怠ると、残りの人生を社会の片隅で過ごすことを強いられる。

アミールは、西アゼルバイジャン州のマハーバードに送られた。入営先は自宅から長距離バスでおよそ四時間のところだったので、さほど遠くなかった。一年の半分は息苦しい暑さに見舞われるマシュハドやヤズドなどの都市に比べると、マハーバードはまだましだった。というのも、この地域の気候は、冬は厳しいが、夏は過ごしやすかったからだ（アミールは寒いほうが好きだった。外国で暮らすのならノルウェーを選ぶそうだ）。兵役暮らしは、思ったほど嫌ではなかった。だが、一つだけ不快なことがあった。国旗に対する敬礼だ。毎日、朝と夕の二回、気温がマイナス五度であっても中庭に整列させせられ、いつも次のような文句を繰り返し唱えさせられたのだ。「最高指導者に逆らう者たちに死を。イギリスに死を。アメリカに死を。イスラエルに死を」。それ以外、兵舎での生活、軍事訓練、武器の取り扱い、軍服など、アミールは自分でも驚くほど気に入った。そして兵役では、己や他者を知ると同時に、たったの数日間で生涯の友を持つことができた。新たな友のなかでも、ホセインは明らかに軍隊に向いていなかった。戦いではなく愛を説く彼は、摘んだヒナギクの花びらを一枚ずつ取って恋占いをしたり、ライフルの銃口にバラの花を入れて一輪挿しをつくったりするような青年だった。ある日のことだ。兵舎の前でアミールとホセインは、一〇メートルほど離れて歩哨に立っていた。そのとき、映画『フルメタル・ジャケット』の一場面のように、ホセインはライフルの銃口を口にくわえて自分の脳みそを吹き飛ばした。だが、恐ろしいことに血まみれのホセインはまだ生きていた。顎は引きちぎれ、首の後ろには穴が開いていた。アミールは上官に対し、自分の腕のなかで痙攣するホセインを苦しみから解放してあげたいと申し出た。しかし、上官は「自殺は脱走行為だ。犬のように死なせてやれ。止めを刺すようなことをしたら、お前を軍法会議にかけるぞ」と冷たく言った。アミールは、苦痛に喘ぐホセインを抱きしめた。ホセインは二五分間ほど苦しんだ。翌日、国旗に対する敬礼の際、アミールは「最高指導者に逆らう者たちに死を」ではなく「最高指導者に死を」と唱えた。当然ながら、これは死刑に値する不敬罪だった。押し殺した笑いが湧き上がり、アミールは逮捕された。二週間、暗闇の独房で過ごした。独房から出されると軍事裁判に召喚された。ドレフュス事件の裁判と同様、軍事裁判は往々にして茶番だ。「なぜ、そのような発言をしたのか」と問われ、アミールは「自分は何も言っていない」と答えた。「二度とそのような発言をしないと約束するか」と問われ、「自分が一体何を言ったというのか。自分は何も言っていない」と答えた。「では、どうして周囲の者たちはお前を見たのか」と問われ、「わからない。自分は何も言っていない」と言い張った。アミールは独房でさらに二週間を過ごした。有罪判決を出すには、第一に証拠がなかった。第二に、兵役の仲間たちは何も聞いていないと主張した。そして四年間にわたって疎遠だったアミールの父親が、知り合いの軍の上層部に働きかけた。結局、アミールは無罪放免になった（資料が紛失したという理由）。兵役の期間は三か月間引き延ばされた。兵役を終えたアミールが真っ先に行ったのは、銀行口座の開設だった。その後、毎月初めに少しずつ貯金をしている。稼ぎが乏しいときでも、貯金には手をつけない。貯めたお金は、人生最良の日を祝うためにとっておくそうだ。


「当ててみようか。君の結婚式だろ」

「はずれ」

「最初の子供が生まれたときかな」

「はずれ」

「じゃあ何？」

「ハエマニの死だ」

＊

スタンダールによる小説の定義は、「道に沿って持ち歩く鏡」だ。しかし、スタンダールは間違っていた。旅行記こそ道に沿って持ち歩く鏡だ。鏡を持って街から街へと渡り歩く。

スケッチや文章という鏡には、風景や人々の表情が映し出される。そして多くのことは忘れ去られる。だが、僕はタブリーズのアリーが持つ鏡のことは忘れないだろう。目尻にしわのある茶目っ気たっぷりの老人アリーが穏やかに笑う表情は、僕の父親を思い出させた。

アリーの興味は働くことではなく、通りがかった観光客を自分の作業場に引き入れて一緒にお茶をすることだった。六十九歳の彼は、一〇年ほど前からアルテシェ・ショマーリーにある小さな作業場でミシンの修理をしていた。修理の仕事は、イランの通貨がまだ暴落していなかったときには次々と舞い込んだが、インフレになるとめっきりと減った。彼はぽっかりと空いた時間を、人生の真髄を味わうために有効利用することにした。すなわち、遠方から来た見知らぬ人たちとお茶をすることだ。彼は英語をほとんど話さない。知っている英単語もごくわずかだ。しかし、外国語ができなくてもコミュニケーションは可能だ。微笑み、眼差し、湯気の立つマグカップが二つあれば充分だ。それら以外は無駄なものであり、意味のないおしゃべりにすぎない。

彼は、この作業場には世界中の人々が訪れたと自負していた。その証拠に、観光客が書き残したメッセージが記された一八冊のノートを見せてくれた。今日までにおよそ一二〇〇のメッセージが残されていた。フランス語、イタリア語、ドイツ語、スロバキア語、キリル文字、日本語、中国語、そしてヘブライ語もあった。何語で書かれたのかわからないメッセージもあった。
ところが、アリーがこれらのノートを開くことはない。
なぜか？
それは、彼が文字をほとんど読めなかったからだ。

一九五四年まで遡るノートがあれば、二人のスイス人のメッセージを読むことができたかもしれない。もっとも、彼らがその年の冬にタブリーズで過ごしたとき、アリーはまだ赤ん坊だった。ブーヴィエは次のように記している。「放浪の生活というのは驚くべきものだ。わずか二週間で千五百キロメートルを走破し、アナトリアの全土を旋風のように駆け抜けたのだ。すでに薄暗くなった町へたどり着くと、柱の並ぶバルコニーと臆病そうな数羽の七面鳥に呼び寄せられる。兵士二人と小学校の教師、ドイツ語を話す国籍不明の医師とともに飲む。欠伸をもらし、伸びをし、眠りこむ。夜更けに降りだした雪が屋根を白く覆い、人々の声をかき消し、道を閉ざす……。そして六か月ほどアゼルバイジャン州のタブリーズで足止めを食らうのだ」。

ブーヴィエとヴェルネは、アルメニア人地区にある小さな中庭に面した天井の低い白い部屋を二つ借りた。「壁には窪みがあり、そこにはイコンやサモワール〔湯沸かし器〕、石油ランプが並んでいた。[…]ティエリ〔ヴェルネ〕はキャンバスをいくつか広げた。僕〔ブーヴィエ〕はバザールで新しい紙を五百枚ほど買い、タイプライターの手入れもすんでいた。仕事にとりかかる直前ほど、仕事が魅力的に感じられることはない。ようするに仕事を投げ出して町の探検に乗り出したのだ」。

ブーヴィエによると、タブリーズの「あまりのすばらしさにモンゴルの軍勢も目を奪われ、町の破壊を思いとどまったほどで、チンギス・ハンの子孫であるガザン・ハンはここタブリーズにアジアでも一、二を争う華麗な宮殿を築いたという。今日ではそのような絢爛さは影も形も残っていないが、それでも雪の重みに押しつぶされた広大な城砦もあれば、バザールの迷路もある。イスラム世界に広く知られたモスクは、ポーチの青いエナメルがいまもなお穏やかに輝いている」。

城砦は国王の時代に破壊され、六〇年後に残ったのは、ひび割れた壁だけだった。その前を通り過ぎると、かろうじて城砦らしきものが見えた。その隣接地にスーパー・マーケットの出店計画もあるという。「イスラム世界に広く知られた」モスクのアーチ形のファサードは、トラ縞模様の突っ張り棒で補強されていた。強風によって貴重なエナメルのタイルの一部が剝がれ落ち、五メートルから一〇メートル下にある敷石に落下してターコイズブルーの粉塵になっていた。僕はアミールとともに、長い時間かけてバザールを歩き回った。ドームの明かり取りの小窓から光が差し込んでいた。その日、陽光は、帽子をかぶり、羊毛のコートを着たバザール商人に激しく降り注いでいた。その男は、親指と中指で口髭の先端をいじっていた。

二人のスイス人は、マハーバードで警察の大尉の好意で刑務所に無料宿泊した後、タブリーズに戻り、ミヤーネ、ガズヴィーン、そして四月にテヘランへと至った。さらには、エスファハーン、シーラーズ、ヤズド、アバルクーフ、ケルマーン、バム、バルーチ人の砂漠を旅した。六八年後、僕はこれらすべての場所を訪れた。「街道らしくなった道がやがて大通りとなり、巨大なユーカリの並木の下を進んでいく」。二人のスイス人は、パキスタンのクエッタに到着する。ブーヴィエはここで原稿を失う。ホテルで「荷物をまとめているうちに、僕が冬のあいだに書きためたものが消えていることに気がついた。ボーイに捨てられてしまったのだ（大柄な封筒に入れ、テーブルの上をあけるために床に置いてあったものだ）。［…］。ごみ捨て場はからになっていた」。だが、ブーヴィエの物語は、失われた原稿によってさらに豊かになった。そしてアフガニスタンだ。カンダハール、サライ、そして「バザールの上の秋の空に震える凧が目に入る」カブールに達する。『世界の使い方』はカイバル峠で終わる。だが、ニコラ・ブーヴィエの旅は、インド、セイロン、日本（日本では雨が降ると、「空は光り輝くスポンジのようになり、大きな手がこのスポンジを絞る」）、アラン諸島、韓国、中国と続く。

そしてジュネーブ郊外のコロニーにある墓地がブーヴィエの旅の終着点であり、そこは僕の旅の出発点になった。僕のビザの有効期限はまだ一〇日もあった。急ぐ必要はない。すべてが始まった場所に行くための時間は充分にある。コルデスターン州サッゲズだ。

サッゲズ

二本の動画がある。一本目の動画には、五十代の女性が掘り起こした土の塊の上で跪い（ひざまず）ている。彼女は足元の土を手で寄せ集め、悲嘆に暮れ、天を仰ぎ、バラの花びらをむしり取る。周囲の人々は、抱き合い、すすり泣き、目を覆っている。この世で最も悲痛な光景から目を逸らしたいかのようだ。娘の墓前で打ちひしがれる母親。二〇二二年九月の土曜日、サッゲズから車で一〇分のところにあるアーイチー墓地。当局は、大勢の人々が集まるのを避けるために若い女性の埋葬を夜間に行なうよう指導したが、遺族は午前中に埋葬した。一〇時過ぎ、母親は娘の名前を叫んだ。「ジーナ、ジーナ」。ジーナはマフサ・アミニのクルド語の名前だった（イランの役所は、クルド語由来の名前の住民登録を拒否していたからだ）。母親は「ごらん、お前のためにこんなに大勢の人が集まってくれたよ」と言って号泣する。二本目の動画では、墓地で数百人の男女が身を寄せ合って立っている。女性はヘジャブを脱ぎ捨て、男性は拳を振り上げている。群衆のなかから「独裁者に死を」という声が上がると、全員が「独裁者に死を」と繰り返す。次に「ジン、ジヤーン、アーザーディー」という声が上がる。これはペルシア語なら「ザン、ゼンデギー、アーザーディー」であり、「女性、命、自由」という意味だ。これはいつの時代でもどこでも何度でも記すべき三つの言葉だ。フランスの詩人ポール・エリュアール風に記す。

モスクのドームに
ムッラーのターバンに
刑務所の鉄格子に
イランの国旗に
樹齢数千年の糸杉に
詩人の墓石に
バザールの門に

砂漠の砂丘に
火に放り込まれたヘジャブに
威力を失った恐怖に
勢いを得た闘争に
そして再び摑んだ希望に
僕は書き記す

女性
命
自由

*

タブリーズのバスターミナルに停車中のバスのフロント・バンパーに「God plase help me」と書かれたステッカーが貼ってあった（これは誤植ではない、〔pleaseの〕eの文字が抜けていた）。コルデスターン州の中心都市サッゲズは、サナンダジュに向かう途中にあった。長距離バスでの九時間、本を読もうとし、文章を書こうとし、眠ろうとしたが、どれもうまくいかなかった。夜中、バックパックを背負った僕は、サッゲズのバスターミナルに降り立った。携帯電話は通じず、タクシーはいなかった。雨が降っていないのが、せめてもの救いだったが、すぐに雨が降り始めた。

バスターミナルから長く伸びる道路をとぼとぼと歩き始めると、僕を追い越していった車がスピードを落とし、数メートル先で止まった。イランでは珍しく、その車は後部ガラスにスモークフィルムを貼った黒色のセダンだった。イスラム共和国の車の三分の二は、白色か灰色のプジョー・ペルシアだ。この車は、8バルブ、1・8リッター、101馬力のエンジンを搭載するスタイリッシュなプジョー405がイランで生産されたものだ（僕は車に詳しくない。よって、カタログ通りに書いた）。降り続く雨のため、止まった車の赤いテールランプの光は縞模様に見えた。すると、ハザードランプが点滅した。本来、ハザードランプは、ドライバーが周囲に危険を知らせる目的で使用されるものだが、僕はそのようには解釈しなかった。助手席のパワーウィンドウが音も立てずに滑らかに下がった。古いプジョー・ペルシアなら、手でハンドルを回して窓ガラスを下げるはずだ。ドライバーは誘うというよりも命令するような仕草で車に乗るようにと合図した。すでに夜、僕はずぶ濡れであり、街の中心部まではまだかなりの距離があった。命以外に失うものなしと覚悟を決めた。

僕は携帯電話の画面に記されたホテルを指さし、「このホテルまで乗せてもらえないでしょうか」と英語で頼んだ。

「エレ」――ドライバーはクルド語で「はい」と返答すると、運転席にあるボタンを押してドアをロックした。この車にはあらゆるオプションがついていた。車の主は、ソ連のチェリャビンスク出身のアイスホッケー選手エフゲニー・ダビドフと似ていた。僕は、九歳の誕生日(一九九六年二月六日)にダビドフからサインをもらった(ダビドフは憧れの選手だったので、少年の僕は夢心地だった)。ぺしゃんこの鼻、四角い顎、冷酷かつ残忍な目つきのダビドフは、アイスホッケーの選手だけではなくKGBのスパイにもなれただろう(少なくとも僕の知る限り、彼はKGBのスパイではなくアイスホッケーの選手だった)。フランスのアミアンのチームに在籍中は、地元のファンを得意のフェイントで魅了した(移籍後もアミアンでは、ダビドフのことは長きにわたって敬意をもって語られていた)。その後、スティックを持ってさまざまなチームを渡り歩き、四十歳近くになってロシアの三部リーグで現役生活を終えた。ダビドフは今頃どうしているのだろうか。ドライバーに今夜宿泊したいホテルの名前を見せたにもかかわらず、僕の乗った車は目的地のホテルから遠ざかっていた。携帯電話のオフラインの地図を見ると、車は正反対の方向に進んでいるようだった。「なぜ、遠回りをするのか」と質問しようと思ったが、彼は英語を一言も話さないし、僕はクルド語をまったく話すことができず、僕のペルシア語の語彙は、アーバージュール〔ランプ傘〕、アーンプール〔注射〕、ビスクイート〔ビスケット〕、カーバーレ〔キャバレー〕、オカーリプトゥース〔ユーカリ〕、ジャーンボン〔ハム〕など、フランス語から借用したものだけに限られていた。僕はなるようになれと観念した。

車は、軍人を描いた大きな肖像画の前を通り過ぎた。軍服に勲章と階級章をつけ、髯と白髪に黒い太い眉毛のその人物こそ、ソレイマーニー将軍だ。彼は革命防衛隊の元司令官であり、ヒズボラ、ハマス、イエメンのフーシ派、パレスチナのイスラム聖戦、バッシャール・アル＝アサド、ハメネイ師と仲良しだった。だが、ドナルド・トランプ大統領とは仲が悪く、三年前にトランプ大統領は、バクダードにいた髯面のソレイマーニーをアメリカ製のドローン〔無人の攻撃機〕で吹っ飛ばした。この殺害事件以降、イスラム共和国は国内すべての都市に彼の肖像画を飾ることによって、ソレイマーニー将軍を不滅の存在として讃えている。

「テロリスト、テロリスト！」と、ドライバーは大声で叫んだ。

僕は彼の英語力を過小評価していた。テロリストという基礎単語を知っているではないか。彼がソレイマーニーを忌み嫌うのなら、ハメネイを嫌悪するはずだ。ハメネイを嫌悪するのなら、僕は安心していられる。そして遠回りしている理由もわかったので、さらに安心した。彼は妻を迎えに行ったのだ。彼の妻は、母親の家で夕食を済ませたところだった（彼の妻は「eat、mother」と言った。この二つの単語の解釈が間違っていなければよいのだが……）。

妻を拾った後、車はホテル・クルドの前で止まった。乗せてもらったお礼にお金を渡そうとしたが、きっぱりと断られた。彼らは僕と一緒にロビーまで行き、部屋があるかを確かめてくれた。非常に律儀な夫婦だった。「すべてはうまくいくのだから、心配することはないんだ」と自分に言い聞かせた。

翌日は早起きした。ブーツを履いてターバンを巻いた口髭の騎馬像の前では、スイカを満載した一台のトラックが止まっていた。その少し先には、町の名前を表す彫刻があった。サッゲズ（SAQQEZ）の文字は、二つのQの文字だけが赤色のハートマークになっていた。伝統的な衣装を着たクルド人女性の白い像も赤く塗られていた。何者かが人目のない深夜に、クルド人を弾圧する体制を糾弾する意味を込めて、この像に羊の血をかけたのだ。集まった野次馬はこの芸術的パフォーマンスを、満足げな薄笑いを浮かべて眺めていた。彼らは、ベルベットのジャケット、ゆったりとしたズボン、布スカーフのベルトというクルド風の格好だった。かつてはこのベルトに短剣を隠し持っていたが、この伝統は時の流れとともに廃れた。しかしマフサ・アミニの死後、この伝統は復活した。ベルトからは短剣の柄がこれ見よがしとはみ出している。長い鋭い刃で体制の殺し屋どもの喉を掻き切る準備はできているという意思表示だろう。

コルデスターン州サッゲズ

コウサル公園では、木々は葉をすっかりと落として丸裸になっていた。芝生には落ち葉が散乱していた。冬の到来だ。だが、秋のあとがきのような暖冬だった。快晴だったので周囲の山々を眺めながらサッゲズの街をのんびりと散策することができた。街をさんざん歩き回っても、軍人や警察官などの制服姿の人物は一人も見かけなかった。これは驚くべきことだった。というのは、公権力にきわめて反抗的な人々が暮らすこの街では、ちょっとした火種でも、住民が役所に押し寄せ、抗議しにくるからだった。ここがイランで最も厳しく弾圧された都市の一つだとは信じがたかった。もう一つ驚いたことがあった。ザーヘダーンからタブリーズに至るまで、イラン各地の人々は僕に親しく接してきたが、サッゲズの住民は僕の視線を避け、僕と会話しようとしなかった。僕はイランに足を踏み入れてから初めて、この本のエピグラフに掲げた『世界の使い方』の記述に疑問を抱いた。クルド人が僕に興味を示さないのは、彼らがペルシア人よりも獰猛かつ他者に無関心であり、もてなしの精神に乏しいからだと早とちりしていたのだ。だが事実に気づくのに時間はかからなかった。この街には、私服警察、制服のない革命防衛隊、バスィージ〔革命防衛隊の民兵組織〕の連中がうじゃうじゃいて、彼らは住民に紛れて活動しているのだ。何人くらいだろうか。住民の一〇人に一人、それとも一〇〇人に一人くらいだろうか。人数は知る由もない。だが、一滴の色水を垂らすと水の色が変わってしまうように、サッゲズは恐怖に染まっていた。体制はコルデスターン州にいる外国人をスパイと見なしていた。フランス人なら対外治安総局（ＤＧＳＥ）〔フランスの情報機関〕やモサド〔イスラエル諜報特務庁〕の諜報員に違いないというわけだ。そんな人物と言葉を交わせば共犯者にされてしまう。

もうすぐ昼の二時。朝食しか食べていなかったので空腹だった。

イランに旅立つ前、この国のグルメについて知識のなかった僕は、友人から次のようなアドバイスをもらった。「ゴルメサブズィを食べてね。赤インゲン豆、玉ネギ、羊肉を混ぜ合わせたイランを代表する料理よ。それから鶏肉のシチューのフェセンジャーンもおいしいから、ぜひ試して。サフランライスと一緒に食べるの。それと、ひよこ豆と羊肉スープのアーブ・グシュト。食べたら感想を聞かせて」。僕は来る国を間違えたのだろうか。イランではケバブ以外の料理にありついたことがなかった。ほとんどの場合、次のような具合だ。レストランに入ってメニューをもらう。英語を話す人がいれば、メニューを翻訳してもらう。だが、レストランのスタッフはどういうわけか、いつも僕にケバブを勧める。メニューを翻訳してくれる人がいないときは、メニューの品を適当に指さす。十中八九、お馴染みのケバブ・クビデ（ひき肉の串焼きに、グリルしたビター・オレンジ、玉ネギ、トマトが添えてある）が出てくる。ケバブにはうんざりしはじめていた。ケバブ以外では、テニス・ラケットのような形をした楕円形のパンであるナーネ・バルバリーを食べていた。もちろん、バクラヴァもだ。

さきほど三つ購入したが、まだ一口しか食べていなかった。食欲が刺激されたので、僕はがらんとしたレストランに入った。客は誰もおらず、テーブルは二つだけだった。羊肉とマネーロンダリングの匂いがプンプンした。この時間でもランチを注文できたが、メニューは一つしかなかった（例のあれだ）。

レストランの壁に掛けられた木枠に収まるハメネイとホメイニに冷たく睨まれながら食事を終えようとしたとき、一人の男が現われ、断りもなく僕のテーブルに座った。四十代のその男は僕と会話をしたいのだろうか。英語がまったくわからないのに見上げた精神だ。しかし、言語の壁は、現代のテクノロジーによってやすやすと乗り越えることができた。彼は自分の携帯電話のアプリケーションを使ってペルシア語の文章を翻訳した英文を僕に見せた。

「どこから来たのか（Where are you from?）」

これはイラン滞在中、最も頻繁に受ける質問だった。ほとんどの場合、フランスと答えると、人々はうっとりとした笑みを浮かべる。憧れのフランス、パリ、エッフェル塔、キリアン・エムバペ。だが、この男はまったく反応しない。フランスでは夢心地になれないようだった。

「ここで何をしているのか（What are you doing here?）」

イラン旅行が始まって以来、この質問には「観光です。イラン各地を観光しています」と答えてきた。そして大方の場合、次の質問は「なぜ、イランを旅行しているのか」だった。イラン人にしてみれば、世界にはもっと美しく、そして何よりも、もっと安全な国がたくさんあるのに、気候は半砂漠気候、司法はイスラム法、国民の自由は北朝鮮と同程度、経済はベネズエラ並み、医療制度はバングラデシュとそれほど変わらない国を訪れるのかを不思議に思うのだろう。だが、この男は違った。違う質問を投げかけてきた。

「あなたのホテルはどこだ（What is your hotel?）」

この質問には身構えた。

「なぜ（Why?）」と僕は書いた。

イラン当局は体制の基盤を揺るがす恐れのあるデモの様子を映した動画の拡散を防ぐために、コルデスターン州の通信ネットワークの帯域幅を狭めた。その結果、インターネットの回線速度はうんざりするほど遅かった。たとえば、あなたの妹が姪の二歳の誕生日会の動画をワッツアップであなたに送ったとしよう。その動画があなたに届くころには、姪は高校卒業資格テストを受けているだろう。気の遠くなるような回線速度の遅さで動画を送るのは時間の無駄であり、結局はインターネットの利用を断念することになる。こうしたネット環境なので、この男がペルシア語の文章を打ち込むたびに、英文が現れるまでに三〇秒は待たなければならなかった。

ようやく次の質問がこの男の携帯電話の画面に表示された。「イスラム革命防衛隊は、あなたをチェックしている（You are being checked by the Islamic Revolutionary Guard Corps）」。

この英文をフランス語に翻訳すると「僕は窮地に陥った」ということだ。あのイスラム革命防衛隊だ。この男がパースダーラーン〔イスラム革命防衛隊の別称〕とは思えなかった。髭のない顔にストラップのついた眼鏡をかけ、グレーの半袖シャツを着ているこの男は、どちらかと言えばＢＮＰパリバ〔フランスの大手銀行〕の資産アドバイザーといった風貌だった。この男がローンの金利や非課税預金口座の利回りについて語る姿は容易に想像できたが、自供するように詰め寄る姿は想像しにくかった。

第一に、この男はどこから現われたのだろうか。通りで僕を見かけ、レストランまでこっそりと尾行したのだろうか。誰かが僕を密告したのだろうか。もしそうなら、誰だろうか。このレストランの主人だろうか。そういえば、レストランの主人は、オリーブの園で僕に接吻するような感じの男だった〔イスカリオテのユダが当局に、自分が接吻する相手がイエスだと教えたため、イエスが捕まったという新約聖書の「裏切りの接吻」から〕。

ＢＮＰパリバの資産アドバイザーの尋問が始まった。地元住民が観光客と交す他愛もない雑談から文字通りの尋問になった。「ここで何をしているのか」「イランにはいつ来たのか」

「どのくらい滞在するのか」「この街に知り合いはいるのか」などと聞いてきた。「パスポートを見せろ」と要求されたが、僕は「ホテルに置いてきた」と答えた。その際、「宿泊先はホテル・クルドだ」と言ってしまった。尋問に応じる間、自分の携帯電話のデータを削除することだけを考えていた。その日の朝、僕はサッゲズの墓地に行き、写真を撮っていた（マフサ・アミニの墓を探しに行ったが、見つからなかった。彼女の墓はサッゲズから一〇キロメートルほど離れたアーイチーにあるとは知らなかった）。そしてスカイプでのアミールとの会話の記録が残っていた。アミールのハエマニに対する罵詈雑言だ。さらには、フィルゼが山頂で反体制のスローガンを叫んでいる動画もあった。かなり前に削除したつもりだったが、完全には削除されていないことにハタと気づいた。削除した写真や動画は、一か月間「最近削除したファイル」に保存されるからだ。ほんの少しの時間でもよいので、人目のないところで携帯電話を操作する必要があった。思いついた方法は一つしかなかった。

「小便がしたいのでトイレに行ってもよいですか」（I need to pee. Can I go to the bathroom?）

男は頷いた。僕はトイレに入って鍵をかけ、すぐに携帯電話を取り出した。脳は自動操縦モードになった。まずは、フィルゼの動画、次に墓地の写真、そしてアミールとの会話。時間を節約するためにスカイプごと削除した。これでイラン人とのすべての会話は一挙に削除できた。今度はフランスに助けを求めなければならなかった。僕がコルデスターン州サッゲズにいることを伝え、二十四時間以内に僕から連絡がなかったらフランス大使館に連絡してもらうように頼むためだ。二か所に電話したが不通だった。イランに旅立つ前、僕の自宅を訪れた友人オーギュスタンが「イランでやばい状況に陥ったときのためにＳＯＳを意味する暗号を決めておく必要がある」と提案した。そのとき、僕は居間に置いてある「フィカス・バーガンディー」〔「クロゴム」という別名を持つ観葉植物、フランス語名：ficus abidjan〕を眺めていた。十一月の日曜日の午後に購入してから、僕はこの観葉植物を大切に育ててきた。週に一回水をやり、葉には石灰を含まない水をスプレーで吹きかけ、湿った布を使って葉をこまめに拭いていた。「このフィカスを育てはじめてから二年が経つ。僕のお気に入りなんだ」「ああ、すてきな観葉植物だ」「そうだ、僕のＳＯＳの暗号はフィカスにするよ」「了解だ。もし、イランからフィカスと記されたメールを受け取ったのなら、僕は君を助け出すために全力を尽くすよ」。ところが、サッゲズのレストランのトイレの中にいる僕は、トイレの外ではＢＮＰパリバの資産アドバイザーがしびれを切らして待っていたこともあり、この暗号を思い出すことができなかった。落ち着いて記憶をたどる必要があったが、焦りばかりが募って何も思い出せなかった。たしか語尾が「ｕｓ」で終わる言葉だったはずだ。abribus〔屋根つきのバス停〕、prospectus〔ちらし〕、diplodocus〔ジュラ紀にいた恐竜〕などの言葉が脳裏に浮かんだ。「違う、そんなんじゃない」。すると突然、思い出した。ハイビスカス〔hibis-cus〕だ！　僕はオーギュスタンに「ハイビスカス」

とメールした。携帯電話をポケットに押し込み、トイレの水を流して用を足したと思わせ、鍵を開けてトイレから出た（その後、オーギュスタンからは何の連絡もなかった）。

部屋にはBNPパリバの資産アドバイザーだけでなく、イスラム革命防衛隊のメンバーのイメージ通りの二人の男が僕を待ち受けていた。二人とも大柄で引き締まった体格の持ち主であり、整った髯を生やし、黒い瞳は凄味を帯びていた。彼らは「レストランを出る。ついてこい」と言った。「どこへ行くのですか」と尋ねたが、返事はなかった。BNPパリバの資産アドバイザーが先頭を歩き、数歩離れて二人の髯面と僕が続いた。僕の両脇には二人の男がいた。手錠を掛けられたのでも、腕を摑まれたのでもない。知らない人がわれわれの姿を見れば、旧友たちが昼食を済ませた後に、腹ごなしを兼ねて久しぶりの再会の喜びを引き延ばすために、街をちょっと散歩している最中だと思っただろう。僕は「彼らは僕をホテルに連れて行き、パスポートをチェックしたいだけだ。通常の取り調べであり、心配しなくてもよい。何も言わずに微笑んでいれば、すべてうまくいく」と自分に言い聞かせた。ところが、五〇メートルほど進むと、BNPパリバの資産アドバイザーは鉄の扉の前で立ち止まり、この扉を開けた。そこは薄暗い車庫だった。「God plase help me」。

イスラム共和国は、体育館だった施設を秘密刑務所に改造した。そこは正当な理由なく被疑者を監禁する無法地帯であり、被疑者は、数日、数週間、数か月にわたって例の尋問テクニックによって「自供」させられた。こうした酷い扱いについては、釈放された政治犯がしばしば外国のメディアに証言してきた。世論は非政府組織（NGO）などが糾弾するこの「おぞましい人権侵害」に異議を唱えた。政府は、激怒する世論を鎮静化するために秘密刑務所の閉鎖を命じた。政府の調査委員会が提出した最終報告書には、「秘密刑務所では拷問が日常的に行なわれていた。刑務所の責任者は法の裁きを受けるべきだ」と記してあった。国際世論の圧力は収まったが、翌年になってもイランの世論は怒っていた。なぜなら、刑務所長たちは裁判にかけられず、裁判にかけられたとしても、戒告とわずかな罰金を科せられただけだったからだ。範を示すために有罪判決を食らった現場の拷問官である数名の看守たちが、自分たちの職場だったこれらの刑務所に収監された。閉鎖されたばかりの秘密刑務所が再開されたのだ。

イランの問題施設は秘密刑務所だけではなかった。普通の建物の地下、古い倉庫、車庫などに秘密の尋問所があった。僕が連れ込まれた車庫に置いてある家具は、長方形の机と三脚の簡素な椅子だけだった。天井の四本の蛍光灯がこれらを不気味に照らしていた。よく見ると、数枚の礼拝用の絨毯が丸めて縦にして部屋の隅に置いてあった。僕は座るようにと促された。

ＢＮＰパリバの資産アドバイザーは立ったままだった。尋問は二人の髯面が引き継いだが、二人とも英語力はグレーの半袖シャツ姿の資産アドバイザーと似たようなものだったので、同じ翻訳アプリケーションを利用した。「いつからイランにいるのか」「これまでどこの街にいたのか」「サッゲズでは何をしていたのか」「この辺りに知り合いはいるのか」。

僕は、「誰もいません（Nobody）」と書いた。

だが、彼らは食い下がった。

「コルデスターン州にガールフレンドがいるのか（Do you have a girlfriend in Kurdistan?）」

この質問には笑ってしまった。僕は、「ガールフレンドは、コルデスターン州にはいない。フランスにいる。とても愛し合っている（in love, very much in love）。連絡しないと、彼女はとても心配するだろう」と伝えた。

「あなたの職業は何だ（What is your job?）」

この質問が出るまでは、何とか凌いだと思っていた。コルデスターン州を訪れたのは、風光明媚な山岳地域だと聞いたからだと述べ、人畜無害な旅行者を演じた。だが、僕の職業を知ったのなら、彼らは僕のこれまでの回答をまったく異なる角度から再検討するだろう。尋問が始まったときから、僕は自分の職業について尋ねられるのではないかと恐れていた。嘘をつくという選択もあったが、これは危険だと判断した。なぜなら、僕の職業は僕の名前を検索エンジンに打ち込めば、すぐにわかるからだ。ここは賢く立ち回る必要があった。

「物書き（ライター）」ではあまりにも漠然としている。児童書の脚本家、広告のコピーライター、そしてもちろんジャーナリストも「物書き」だ。この場面で絶対に回避すべきは、僕がジャーナリストであり、しかもフランス人ジャーナリストだと彼らが確信することだった。彼らが僕をジャーナリストだと見なせば、僕はこの車庫から出られないだろう。小説家（ノベリスト）なら大丈夫かもしれない。よし、小説家で行こう。このフランス人は「物書き」だが、書いているのはフィクションであり、イスラム共和国に迷惑をかけることのない純然たる想像の産物を書いているという筋書きだ。彼らにそう信じ込ませるしか他に方法はない。最近執筆した小説のテーマは情愛だった（不倫や卑猥な場面もあるので、ペルシア語に翻訳されたとしても、ムッラーの推薦図書にはならないだろう）〔二〇二一年に刊行された『僕の支配者で僕の征服者』。この小説はフランスでベストセラーになり、アカデミー・フランセーズ賞を受賞した〕。そこで、僕は恋愛小説家（ラブ・ノベリスト）と答えた。つかのまの情熱とは、いかにもフランスらしいではないか。二人の男は、アプリケーションによって翻訳された僕の回答を確認すると、顔を見合わせた。そして次の質問に移った。

「あなたは、ここで何があったか知っているか（Do you know what happened here?）」

この質問には、とぼけるしかなかった。「ええ、サッゲズでは二か月くらい前に、ちょっとしたデモがあったことは耳にした覚えがあります。でも、とっくに終わったのですよね」。

彼らは返答しなかった。

「写真（Pictures）」と、ＢＮＰパリバの資産アドバイザーが言った。僕が旅行中に撮った写真を見せるようにと要求したのだ。僕は自分の携帯電話のロックを解除し、彼に手渡そうとした。だが、彼は「その必要はない。自分で操作して撮った写真を見せるように」と仕草で命じた。テヘランのゴレスタン宮殿、ペルセポリスの遺跡、各地のモスクとバザール、絨毯、指輪、ルート砂漠、テント、ラクダなどの写真が現われた。観光ガイドに載っているような写真ばかりだった。彼らはがっかりした様子だった。

彼らは僕のことを人畜無害と見なしはじめたのかもしれなかったが、それは僕の思い過ごしかもしれなかった。彼らは、牢屋に放り込まれた七人のフランス人についても人畜無害だと見なしているはずだ。二人の教師、女性の人類学者、車でイラン各地を回っていた旅行者などだ。ムッラーが仕切る体制の人質外交にとって、人質がもう一人増えるのは好都合ではないか。実際、僕は運がよかったのだと思う。僕を尋問した男たちは、あまり仕事熱心ではなく、また、他に重要な案件を抱えていたのだろう。彼らはさらに一時間ほど僕を尋問し、最後に「あなたを解放するが、あなたは、もうサッゲズにも、コルデスターン州にも、イランにも滞在できない（Saqqez: closed. Kurdistan: closed. Iran: closed）」と宣言した。

聞くだけ野暮だと思ったが、僕はその理由を尋ねた。

「なぜなら、ここの住民は信用できないからだ。今すぐホテルに行き、バスターミナルに行き、コルデスターン州から立ち去るように（Because you cannot trust people here. Now, you go to your hotel, then you go to the bus station, and you leave Kurdistan）」

彼らは僕のパスポートと顔の写真を撮ってから指紋を採取した。そして僕を要注意人物のリストに登録したと告げた。今から二四時間以内にコルデスターン州から離れ、三日以内にイランを出国しないと、今度こそ本当に逮捕すると警告した。「コルデスターン州では誰とも会話してはいけない。なぜなら、ここの住民は信用できないからだ」。僕は彼らの思慮深いアドバイスに礼を述べた。彼らは僕に握手を求めた。それは茶を飲みながら三時間ほど仲良くおしゃべりした友人たちの別れ際の挨拶のようだった。

車庫を出てからホテルに戻り、荷物をまとめて駅へと向かった。その日の夕方、僕はテヘラン行きのバスに乗っていた。窓の外に目をやると、コルデスターン州の起伏に富んだ緑の風景が見えた。目を閉じると、僕の旅が見えた。タイル、砂丘、庭園、猫の影、インド人からドイツ語を学ぶアフガニスタン人、バルーチ人の土地で『星の王子さま』を探す星の王子などが見えた。イランの地図を思い描くと、これから通過する街の名前と、すでに訪れた街の名前が見えた。シーラーズという文字からは詩の一節、ケルマーンという文字からは熱狂的な踊り、エスファハーンという文字からは二十歳の女性の類まれな勇気が目に浮かんだ。

コルデスターン州を走るバスの座席で、僕はソッフェ山の山頂でフィルゼが話してくれたことについて考えていた。彼女が恐れるのは死ではなく投獄されることだった。だからこそ、彼女は投獄されたときのために数多くの詩を学んでいたのだ。逮捕されようとも、監禁されようとも、雑居房や独房に閉じ込められようとも、食事と睡眠を制限されようとも、罵られようとも、殴られようとも、強姦されようとも、彼女には自身の存在の根源をなす、かけがえのないことがあった。恐怖、ムッラー、革命防衛隊員であっても、それを彼女から奪うことはできないだろう。それは彼女が学んだ詩だ。彼女はそれらの詩を暗唱するだろう。そのとき、彼女が待つのは死だろうか。それとも念願の自由だろうか。

本書は、天使たちと仲良しのアルマ・ドローネにも捧ぐ。

訳者あとがき

本書と著者について

本書はFrançois-Henri Désérable, *L'usure d'un monde : Une traversée d'Iran* (Gallimard, 2023) の全訳だ。タイトルを直訳すると『世界の荒廃——イラン縦断記』となる。二〇二二年末、著者フランソワ゠アンリ・デゼラブルは、彼が名著と崇める『世界の使い方』(Nicolas Bouvier, *L'Usage du monde*, Librairie Droz, 1963 ; rééd. La Découverte, 2014) の著者の足跡を辿る旅に出る。この時期、イラン国内は現体制に対する抗議デモが行なわれていた。本書は、著者が旅先で出会った人物を通じてイランの国内事情を描く小説仕立ての旅行記である。

著者デゼラブルは一九八七年生まれの異色の小説家だ。小説家になる以前は、プロのアイスホッケー選手として活躍していたという。これまでに四冊の小説を発表し、二〇二一年に出版した『僕の支配者で僕の勝利者』（*Mon maître et mon vainqueur*, Gallimard, 2021：未邦訳）でアカデミー・フランセーズ賞を受賞し、小説家としての確固たる地位を確立した。フランスでは、本書を含めデゼラブルの本はすべてベストセラーになっている。

なお、本書における『世界の使い方』の引用文は、この旅行記の日本語版（ニコラ・ブーヴィエ著、山田浩之訳、二〇一一年、英治出版）を借用した。私の訳文の筆遣いと異なるほうが臨場感に溢れるのではないかという判断からだ。

重要な論点は本書で出尽くしているが、ここで改めて、本書の社会・政治的背景を振り返っておきたい。

「いのちを取り戻す」

イラン人は夜の散歩が好きだ。灼熱の昼間には閑散としていた繁華街や公園が、夕闇の迫るころから一気に賑わいをみせる。来日まもないイラン人留学生が、ひっそり閑とした日本の公園を見て「まだ夜の八時なのに、なぜ誰もいないのか」と訝しんでいたが、無理もない。高層ビルの立ち並ぶテヘランにも、ターレガーニー森林公園のような大規模な憩いの場がある。いま試みにネットの散策動画で、この界隈を歩いてみよう。時は二〇二二年六月。地下鉄ハガーニー駅で降り、森のなかの木道を抜けると、モダンなデザインの「自然橋（ポレ・タビアト）」に到る。橋のうえからは、雪に光るアルボルズ山脈の峨々（がが）たる山並みが見わたせる。老若男女が夕暮れの散歩を楽しみ、自撮り棒を手に撮影に興じる若者も多い。とくに女性の服装に注目して五分間観察するならば、すれちがった四三人の女性中、完全に髪を覆っていたのはわずか四名。大多数は髪の半分近くを露出していた。さらに四名は、ただスカーフを首にかけただけ。一人は小さな毛糸の帽子である。

コルデスターンからテヘラン観光に来た二十二歳のマフサ・アミニが、服装の乱れを理由に逮捕されたのも、この近辺でのことであった。右の動画から三か月後、九月十三日の夕方のことである。三日後、マフサが拘留中に殺害されると、マフサの地元で始まった抗議は瞬く間にイラン全土に燃え広がった。こうした抗議に対する一連の弾圧で、二二年秋から二三年初頭にかけて六〇〇人近くが殺害、一万七〇〇〇人以上が逮捕され、三六人が死刑宣告を受けた。

本書に描かれる通り、抗議行動の大半は、事前の呼びかけもなく非組織的に行なわれ、形態もさまざまだった。アパートの窓から「独裁者に死を」と叫ぶ声に、行きかう車がクラクションで答える。大学生の授業ボイコットや座り込みは高校・中学校にまで広がり、学校に掲げられた最高指導者の「御真影」は学生たちの足蹴にされた。路上でヘジャブを炎に投げこむ、すれちがいざまに聖職者のターバンを投げ飛ばす、広場の青い泉水を鮮紅色に染める、国営放送のニュース番組をハッキングする、といった鮮烈な映像は、革命前夜の熱気を生々しく伝えた。著名な文化人・スポーツ選手も相次いで連帯を表明し、多くが逮捕・財産没収・国外渡航禁止などの報復処置の対象となった。「待っても救い主は来ない／われら自身が、われらの時代の《隠れイマーム》」「歴史こそ私の詞／私こそ忘却の死」などと歌っていた金属工のラッパー、トゥマージ・サーレヒーは、「神への戦争」「地上の腐敗」罪で死刑判決を受けた（Surākh mush, Bāzmānde）。

一方、こうした危険をともなう抗議行動ならずとも、各人の「身の丈」に応じた多様な抵抗のありかたがインターネットを通じて可視化された。女性は一斉にＳＮＳのプロフィールをヘジャブなしの顔写真に変え、在野の芸術家たちは無数の抗議絵画を投稿した。無人の畑の畦道で行進する後ろ姿を投稿する者、こっそり剝がした路地の政府広告を家で火にくべる者。ネットワークの遮断や速度制限にも屈せず、これらは #Mahsa_Amini のハッシュタグとともに公共空間に接続され、抗議への参加はもはや命を賭す者のみの特権ではなくなった。抗議の輪は国外にも広がり、多くの女性がカメラの前で髪を切った。非業の死を悼んでの断髪は『王書』にまでさかのぼる神話的な喪の儀式であったが、長い髪に鋏をあてがう姿は、いまやイラン人女性に対する国際的連帯の象徴に生まれ変わった。

人々の怒りはマフサの死を機に爆発したが、ヘジャブの強制は、問題の一端にすぎなかった。運動の初期、ツイッターでは「なぜイラン人は抗議しているのか」という問いが立てられ、無数の回答が「barāye（……のために）」という前置詞の書き出しで寄せられた。その一部を歌で綴ったのが、運動のアンセムとなり、のちにグラミー賞を受賞したシェルヴィーン・ハジプールの《バラーイェ》だ。静かな、しかし切迫した付点のリズムに乗せられた「ために」の対象は、路上でのダンスやキスといった「普通の生活」への渇望に始まり、大気汚染や違法建築、児童労働、不法投獄といった社会問題、さらには死にゆく樹木や絶滅危惧種のチーター、動物の権利といった問題にまでおよび、最後は痛切な「女性、命、自由」の叫びで締めくくられる。社会学者のアーセフ・バヤートが評すように、そこには個別の問題をはるかに超えた、「いのちを取り戻す」ことへの希求があった。

運動が前例をはるかに超える拡大を見せた背景には、社会階層を超えた団結の機運もあった（Alfoneh. Iran's 2022-23 Protests in Perspective）。これまでの大規模な運動は、郊外の貧困層が価格高騰に抗議する経済的な運動と、教育ある都市部の中産階級が選挙不正などに抗議する政治・思想的な運動に大別された。ところが、核開発に対する制裁が続くなか、インフレ率は四〇%を超え、人口の三割近い人々が国際貧困ライン以下で暮らしている（世界銀行）。この結果、中産階級は貧困層と困窮を共有するようになり、伝統的に保守的な商人が多いバザールも一六都市で休業に入り、一部の石油労働者もストライキに加わった（もっとも、制裁は両刃の剣であり、貧困層のストライキ継続や、国外からの運動支援を困難にもした）。一方、下層の側にも、SNSの普及により《バラーイェ》のような自由への訴えがこだまし、結果的に上下階層が両側から歩み寄る兆しが見られたのである。

こうして抗議運動は規模・期間ともに、イスラム共和国史上、前例のない広がりを見せ、明確に体制の転換を目指す「革命」運動へと発展した。しかしそもそも、なぜ体制内での改革ではなく、革命なのだろうか。ここでまず、イスラム共和国の政治的正統性が著しく低下してきた経緯を振り返っておきたい。

第一に、民主主義の形骸化。国民投票で九八・二％を得て可決されたというイラン・イスラム共和国憲法は、「隠れイマーム」再臨以前の政体として「法学者による統治」を掲げる一方、民選の大統領や国会議員を通じて、一定の民主主義を可能にしてきた。ところが、革命防衛隊を後ろ盾とする保守強硬派の伸長により、そうした限定つきの民主主義すら危機に瀕するようになった。二〇〇九年の大統領選挙では、有力視された改革派候補が斥けられ、この不正選挙に対して大規模な抗議が起きた（「緑の運動」）。革命防衛隊を権力基盤とするハメネイは、こうした抗議運動のたびに革命防衛隊を投下し、鎮圧の功績が彼らのさらなる政財界侵食に繋がった。二〇一八年のトランプ政権による一方的な核合意離脱により、穏健派と改革派の発言力はさらに低下。強硬派で次期最高指導者と目されたライシの当選を期した二〇二一年の大統領選挙では、事前に有力な対立候補が徹底的に排除されたため、市民の選挙ボイコットにより投票率は史上最低を記録した。

ライシ政権下では、閣僚や州知事にも革命防衛隊出身者が登用され、三権すべてが保守強硬派に掌握されるに至った。体制が国民との対話を拒むなか、すべてに絶望と疑念を募らせた若者たちは、指導層の一挙手一投足を批判ならぬ嘲罵の対象としている。

正統性低下のもう一つの根源的な要因として、社会の急激な世俗化がある。法の最終的な根源を聖典類に求める体制の基本理念は、もはや大多数の共感を得られていない。BBCペルシアが二〇二四年二月にリークした、イラン政府の非公開統計によれば、無作為に抽出された十八歳以上のイラン人一万五八七八名のうち、計五七・四%が敬虔な信仰の実践者ではないという自己理解を示している(「無信仰」の一〇・一%を含む)。同統計でさらに注目を引いたのは、「政教分離を望む」という回答が七二・九%に上った点で、これは二〇一五年の調査の三〇・二%から二倍以上の伸長だった。この二項目からは、敬虔な信仰者の一部すら、体制から離れつつあることが透けて見える。事実、逮捕者には公務員の子弟や殉教者の家族が含まれ、宗教都市ゴムでもボランティア民兵組織バスィージの出身者がデモに参加したという報告があった。

「教師」としての女性たち

さて、このように社会のさまざまな層が結集した本運動だったが、やはり注目を集めたのは、若い女性たちが革命の先陣に立ったことだった。ある著名な俳優の言を借りれば、少女たちが「偉大なる教師としてわれら中年の弟子を導いた」のだった(S. Sehhat)。しかし、なぜ若い女性が「教師」になりえたのだろうか。その背景として、しばしば指摘されるのは、現体制が生み出したパラドクス、すなわち女性の著しい高学歴化と宗教的規制の奇妙な併存である。

女子教育に消極的なアフガニスタンなどの状況が念頭にあると、イランの女性がおしなべて高学歴であることは意外に思われるかもしれない。しかし、イランのイスラム革命は、中世への素朴な回帰ではなく、西洋に伍しつつ抗う「もう一つの近代」の構想だった。そこでは、国民の半数を占める女性も、イスラム革命の担い手としてその教説を深く学び、子供に伝えていくことが期待された。男女別学やヘジャブの義務化、女性教員の配置といった「閉鎖的」な政策は、一方で、保守的な親たちにも「安心して」女児を小学校に送ることを促し、農村も皆学に近づいた（桜井「イランの女子教育」）。世界銀行の統計によれば、革命前（一九七六年）に三六・五％だった女性の識字率は、一九九六年には七四・二％に達し、現在は一〇〇％に近い。

かたや、学校以外に外出の機会が限られる女子学生の側も、学業の継続に意欲を燃やした。大学入学者に占める女性の割合は男性を上回り、医学部では定員の七〇・一％を女性が占めるに至った（一九九九年）。大学教員の四人に一人は女性で、二〇一四年には女性初のフィールズ賞受賞者を輩出するなど、知的な世界での女性の活躍ぶりは目覚ましいものがある。検閲はあっても毎年一万点近い翻訳書が刊行される出版大国であり、ＩＴ革命以前から読書家たちが西洋的教養に親しんできたのも大きい。

しかしこうした知的な伸長に比して、一般社会での女性参画は著しく抑制されている。ここに、イランの抱えるパラドクスがある。一般の就業人口に占める女性の割合は一四・六％（Iran Statistical Center）、国会議員では四％程度に過ぎず、裁判官にはそもそも就けない。世界経済フォーラム（二〇一三年）のジェンダー・ギャップ指数では、イランは一四六か国中一四三位であった（日本は一二五位）。「学のある母親をつくる」という初期の戦略が、かえって晩婚化や出生率低下、離婚率の上昇をもたらし、ついにはこうした宗教的価値観に疑義を突きつける女性を生み出したのは、皮肉なことと言わざるをえない。

法制上にも無数の不平等がある。とくに初期から活動家たちが粘り強く改正を訴えてきたのは、家族法の分野だった。男性に恣意的な離婚を許す一方、女性の離婚請求はきわめて困難だった点。子供の親権が父方男性にのみ許される点。その他、九歳の女児に結婚を認める児童婚（のちに十三歳に改正）、四人の妻まで認める複婚、売春の隠れ蓑としての「スィーゲ（一時婚）」、パスポート取得時に要する父・夫の同意など。これらの一部は二〇一三年の新家族保護法で改正を見たが、まだ完全な平等からは遠い。刑法分野でも、殺人賠償金の男女差（女性殺害は男性殺害の半額）、刑事責任を問われる年齢の男女差（女子は九歳、男子は十五歳）、父親による子殺しが死罪に問われないこと（名誉殺人の誘因となりうる）など重大な問題が残る。法に明記がないことでも、音楽活動やスポーツ観戦の制限のように、「風紀」の名の下に抑圧される日常の自由もある。

ヘジャブは、こうしたイスラム的統治の徹底を示す一枚の布だった。歴史を遡れば、「鹿鳴館」的な上からの西洋化を目指した王政は、ヘジャブはターバンと並ぶ悪しき旧弊と斥け、一時期は禁令を発布、公共の場での着用を暴力的に取り締まることもあった（一九三六〜四一年）。禁令が廃止されても、ヘジャブは後進的で無知な女性の象徴という空気が残り、一方ではヘジャブをかぶることが王政への抵抗の象徴にもなった。西洋のドレスに身を包んで男性と差し向かいで煙草をくゆらせる、そんな女性が理想視される時代であったのだ。一方、ホメイニは革命後、皮相な西洋化政策へのアンチテーゼとして、ヘジャブの着用をイスラム主義の象徴に仕立て上げた。一九八三年にはヘジャブの着用が強制化され、違反者は鞭打ち刑に処されるようになった。

ナフィーシーの『テヘランでロリータを読む』には、革命前から、ひとり自発的にヘジャブを被っていた女子学生が登場する。彼女にとってヘジャブは、神と自分を結ぶ孤独な信仰の証だったのだ。ところが革命後、ヘジャブが政治化され、着用が強制されるようになると、彼女は孤独なアイデンティティの拠り所を喪失してしまう。中西久枝氏が『イスラムとヴェール』で述べる通り、結局のところ、シャーもホメイニも女性の実存など眼中になく、政策のシンボルとしてヘジャブの有無を弄んだにすぎないとも言えよう。

　革命後は、世俗的な女性運動が活動停止になるなか、宗教の内側から規制緩和をめざすイスラム的フェミニズムも模索された。往々にして曖昧な言葉で書かれた聖典を、よりリベラルに読み直そうという試みだ。たとえばヘジャブ強制の根拠とされる「装飾は隠せ」という記述（コーラン二四：三一）が、必ずしも現在のようなヘジャブを強制するものではないといった議論である。一方、表面的にはヘジャブを肯定することでイスラム主義への忠誠を装いつつ、より実質的な法的不平等から改革をはじめようとする戦略もあった（中西、前掲書）。

　改革派のハタミ大統領（在任一九九七～二〇〇五年）のころからは、街中の女性にも、目に見える変化が現われはじめた。頭髪を完全には覆わない緩やかな被り方が徐々に普及し、色や柄に工夫を凝らしたヘジャブでファッションを追求する女性も増えた。また、インターネット上の公共空間の拡大につれ、ヘジャブそのものへの抗議運動も急激に前景化した。嚆矢（こうし）になったのは、二〇一〇年代半ばに始まった「私の密やかな自由」（#MyStealthyFreedom）運動。これはSNS上にヘジャブなしの写真を投稿するものだったが、やがて、街中でも白いヘジャブや服を着用することで暗に抗議への連帯を示す「白い水曜日」運動が起き、ついにはテヘランの繁華街で脱いだヘジャブを高々と掲げる「《革命通り》の少女たち」が相次いで収監されるに至った。この時期には道徳警察の巡回ワゴンの位置をリアルタイムで共有するアプリさえ開発されたという（Gershad）。

政府は、マフサの死の数か月前から、改めて服装規制の強化を講じており、ヘジャブの着用拒否で逮捕した芸術家に、国営放送での懺悔を強いる一幕もあった。背景には、経済的な失政を非難する世論の矛先を、別の話題に転嫁しようとする当局の思惑もあったとされる（貫井「過渡期のイラン」）。冒頭に述べたように、近年ではヘジャブを厳格に遵守するほうが少数派になりつつある。政府系のメディアの世論調査でさえ、五一％がヘジャブ着用の自由化に賛成、三八・五％が「ヘジャブなしでもよきムスリムになれる」と答えており、宗教層の内部にすら意識の変化が生じていることが窺える（「ファールス通信」による）。

道徳警察の不透明で場当たり的な取締まりも相まって、誰もがマフサになりえたかもしれないという恐怖は、多くの女性に共有されていたであろう。

少数民族の声

さてマフサは、女性というだけでなく、イランが抱えるもうひとつの周縁化を象徴する存在でもあった。それは彼女がスンナ派のクルド人だったということだ。そもそも「女性、命、自由」というスローガンも、クルド人が二〇〇〇年代初頭から用いてきたものだ。ゲリラの四割を女性に負うトルコのクルディスタン労働者党（ＰＫＫ）が、早くから女性解放を志向していたこととも関係があろう。クルド語のスローガンが、マフサの死を機に、ペルシア語でイラン全土に響くようになったのは象徴的なことだった。

イランは多民族国家だ。ペルシア語だけを母語とする人は人口の半数程度にすぎず、残りの大多数は、民族の言語と公用語のペルシア語をともに流暢に操るバイリンガルである。テュルク系のアーゼリー人（約二割）、クルド人（約一割）、アラブ人やバルーチ人（ともに約二％）、その他さまざまな少数民族がいる。「約」というのは、公的な場で民族が問題にされることはなく、民族構成に関する国の公式統計は存在しないからだ。建前と現実が異なるのはあとで触れるが、少なくとも法的な「民族」差別は存在しない。

比較的、民族運動がさかんなクルド人でも、分離運動にまで発展しているわけではない。パフラヴィー朝とイスラム共和国は、いずれもクルド人の自治要求に強硬な弾圧で臨み、敗退したクルド系政党はイラクに亡命。内部対立もあって、組織的な民族運動は停滞してきた。トルコのＰＫＫのような国家との全面抗争には至らず、イラクのクルディスタン自治区のような半独立状態を達成したわけでもない。いまや多くの人々にとって、イラン・ネイションへの帰属は、既定の現実になっていると言えよう。

実際、クルド人かつイラン人であることは、必ずしも排反ではない。たとえば、クルド系とテュルク系の住民が混在する場所では、前者が後者の民族運動を牽制すべく、同じ「イラン人」としての平等に訴える場面もある。北西部の都市ウルミエで街路の名前がアーゼリー語に変更された際、クルド人の側から「公共の言語はペルシア語にすべし」との抗議が起きたのはそうした一例だ。クルド人内部でも大きな方言差があり、ペルシア語は彼らの共通語としても機能している（Khalili. Beyond a centre-periphery approach）。

したがって、「イラン」と少数民族、あるいはペルシア語と少数言語の関係を、単純に支配／被支配の関係としてとらえるのは一面的にすぎる。とはいうものの、すべての民族が虹色に共生しているとは言いがたいのも事実だ。以下では、言語・宗教・経済の観点から、少数民族をめぐる論点を概観してみたい。

まず言語の観点から。憲法第一五条は公用語をペルシア語と定めつつ、その他の民族の言語にも、出版や教育の自由を認めている。しかし現実には、公教育はペルシア語のみで、民間での少数言語教育も厳しい警戒の対象になっている。母語の教育を受けられないとどうなるか。夕食のレシピについては民族の言語で話せても、政教分離について話そうとすれば、ついペルシア語に引きずられる。母語で読み書きする習慣がないので、家族内のテキスト・メッセージすらペルシア語で書き送らざるをえない。このように、ペルシア語以外の言論空間が育たないようにすることで、ペルシア語を柱とするネイションは維持されているのだ。

本書にある通り、マフサ・アミニも、クルド語の名前「ジーナ」（生命）が出生届に記載できず、ペルシア語の「マフサ」（明月）と名付けられたという。普段はそうした制約が意識されていなくても、国家が抑圧に見合うサービスを提供できないときには、民族意識が刺激される。

言語の問題より明白に法的な制約があるのは宗教だ。憲法第一二条がシーア派（十二イマーム派）を国教に定める以上、ムスリム以外は言うまでもなく、国民の約一割を占めるスンナ派も一定の制約下におかれる。もちろん、スンナ派が完全に政治から排除されているというわけではない。スンナ派の議員は国会で約七％の議席を維持しており、近年、海軍の最高司令官にもスンナ派のクルド人が指名された。だが、大統領にはシーア派以外の就任は許されず（憲法一一五条）、いまだスンナ派が閣僚や州知事に選ばれたこともない。州知事は内務大臣の指名によって中央から派遣されるため、必ずしも現地の民族や宗派を代表するわけではないのだ。

したがってスンナ派の多い民族、すなわちバルーチ人やクルド人などは、とくに被差別意識を持ちやすい（この点で対照的なのはテュルク系の人々だ。彼らはサファヴィー朝の君主からハメネイ最高指導者に至るまで、シーア派支配の中枢を担っている）。テヘランには、キリスト教会もシナゴーグも存在するのに、いまだ大規模なスンナ派モスクの建設が認められていない。これはスンナ派というアイデンティティを軸に、無視できない規模の少数派が団結することを、当局が警戒している証左だろう。

こうした言語・宗教上の周縁化が、改めて政治的な問題として浮上するのは、少数民族がより現実的な困難、すなわち経済格差や環境の悪化に直面するときだ。少数民族は国境付近に住んでいることが多い。中央から地理的に遠いうえ、国境付近ゆえの治安の問題もある。いきおい投資や開発は遅れがちになり、福祉も充分に機能していない場合が多い。貧困や水不足の問題を抱えるのはペルシア系の住民が多い州も同じだが、とくに少数民族の住む地域では、中央優先の政策の皺寄せを受けているという認識が根強い。

たとえばバルーチ人の住むスィスターン・バルチェスターン州では、平均世帯収入がテヘラン州の四割程度で（Iran Statistical Center）、平均寿命も七歳以上みじかい（Mehregan et al.）。パキスタンへの燃料の密輸にたずさわり、国境で射殺されるバルーチ人も多い。同様に、イラクに接する北西部でも、数万人におよぶクルド人が日用雑貨や電化製品の密輸で糊口をしのいでいる。峻険な雪山を徒歩で横断する「背負（kulbar）」は、国境警備隊の仮借ない発砲にさらされており、二〇二三年の犠牲者は三四一名にのぼったという（Kurdpa）。

天然資源があっても生活が改善しない地方では、国内の「植民地」として中央に収奪されているという不満が蓄積する。アラブ系住民が多い南西部のフゼスターン州は、その好例だ。国内の石油・ガス埋蔵量の八〇％以上があり、国内総生産の州別シェアではテヘランに続く第二位を誇る一方、失業率は全州で第三位ときわめて高い（Iran Statistical Center）。中央出身者の経営する石油工場は、地元に充分な雇用をもたらしていないと批判されている。同州では、二〇二一年夏、深刻な水不足を機に数千人規模の抗議デモが起きた。背景には、地元を流れるカールーン川の流路を変え、中央部の都市エスファハーンのザーヤンデ川に水を流すという水利計画があった（Behesht-Abad Project）。地元を犠牲に中央を潤す政策として、アラブ系住民が怒りを爆発させたのは想像にかたくない。

以上のように、言語・宗教上の周縁化、および生活上の苦境が絡まりあい、無数の市民運動や抗議デモが行なわれてきた。政府がこれらの弾圧にあたって一貫して用いてきたレトリックは、「抗議者＝外敵の手引きで分離工作を行う過激派」というものだ。「女性、命、自由」運動でも、犠牲者の半数以上はクルド人とバルーチ人が占めるとされ（Iran Human Rights）、バルチェスターンのスンナ派モスク近辺では治安部隊の発砲により九六名が亡くなった日もある（「血の金曜日」）。国内での弾圧と並行して、革命防衛隊は運動発生当初からイラクのクルド人自治区にも空爆を行なっている。抗議運動をイランの一体性に対する挑戦として演出することで、連帯の輪が周縁から中央におよぶことを防ぐ狙いがあったのは間違いない。

たしかに政府が恐怖を煽るイランの「シリア化」は、まったくの幻想とは言い切れない。バルーチ人のイスラム過激派組織（Jaysh al-Adl）は、イランからの分離を掲げて、革命防衛隊や国境警備隊をたびたび襲撃してきた。近年では、アフガニスタンを拠点とするイスラム国の一派（ＩＳＫＰ）が、イラン各地のシーア派寺院を標的にテロを繰り返し、計一〇〇名以上にのぼる犠牲者が出ている。ブッシュ政権時代の米国は、四億ドルの予算をイランの少数民族組織の支援に計上したという米紙の報道もあった（Hersh, Preparing the Battlefield：『世界』二〇〇八年一〇月号に和訳）。この真偽はさておき、イラン政府はこうした事態を警戒するかたわら、返す刀で一般の市民運動の弾圧を正当化してきたのである。

しかし、かくまで多くの人々が「イラン人」として声を上げているいま、市民運動と外敵の介入を同一視するレトリックは現実味を失いつつある。クルド人女性の死を悼む「女性、命、自由」の声に、遠く離れたバルーチ人たちも「ザーヘダーンからコルデスターンまで、われらの魂をイランに捧ぐ」と応唱した。これまで分断されてきた人々が、お互いの声に耳を傾け、新たなイランを目指そうとしている。

運動の限界と今後

二〇二二年の抗議行動では、マフサ・アミニという偉大な「殉死者」の下に、さまざまな人々が、それぞれの問題意識を持って結集した。逆にいえば、この運動は、現世には統一的な指導者や組織をもたなかった。これは、抗議運動に党派的限定を超えた包括性を与え、かつ、一網打尽の鎮圧を困難にするという長所があった。とはいえ、組織の欠如が、体制に延命を許したのも事実である。反体制派の多くが獄中にあるなか、国内での組織化が困難なのは言を俟たないが、世界各地に住む六〇〇〜八〇〇万のイラン人ディアスポラの間からも統一的な組織は生まれなかった。旧来の在外政党はいずれも若年層からの支持を得られず、結束には遠い。近年の出国者もすでに政治運動に倦んでおり、むしろ人権侵害のアーカイヴ化といったＮＧＯ活動に進みがちだ。

こうしたなか、比較的、広い期待を集めるのが前国王の皇太子レザー・パフラヴィーである。在外放送局では、革命前の「古き良き」生活様式を紹介する歴史番組が人気を博すなど、若年層が王政期に抱く素朴なノスタルジーも、彼への追い風になった（ManotoTV）。レザー本人は、王政復古の当否について明言を避け、体制内部の改革派やスンナ派指導者をも含む包括的な新体制の構想で支持拡大を狙うが、彼の支持層のなかには排撃的な王権主義者も含まれ、安定した組織運営を困難にしている。

こうした反体制派内の分断を露呈したのが、二〇二三年二月、レザー・パフラヴィーのほか、人権活動家や女優など八名の言論人が米ジョージタウン大学で会した「イラン民主化運動の将来」パネルであった。三月発表の「マフサ憲章」は、新政府の理念と移行手続きをまとめたもので、組織化への第一歩として大きな注目を集めた。しかし、レザー支持者の一部が左派との協力を非難したため足並みは揃わず、八人中唯一、組織の代表として参加したクルド系左派政党KPIK代表も、のちに新体制下での分離要求を仄めかした。内部対立の顕在化した同盟は、早くも二か月で崩壊に至った（Alfoneh, The Iranian Opposition Abroad）。

組織化の問題とは別に、一見、普遍的な理想を体現するかに見える反体制派の言動も危うさから無縁でない。レザー・パフラヴィーをはじめ上記パネル参加者の一部は、米国のオルタナ右翼や福音派との親密な関係が報道されているが、こうした層からの支援がイランの健全な未来に資するかは疑わしい。「敵の敵は味方」とばかりに親イスラエルに傾き、パレスチナへのヘイトスピーチを行なうような極端な二元論的思考も、SNSでは多く観察される。一般に「反体制」であることが批判的思考の十分条件となり、陰謀論や修正史観に対する免疫がきわめて脆弱であることも懸念材料だ。半世紀前の轍を踏まぬためには、これらの克服も重要な課題となるだろう。

一方、われわれ外国人が、安易に自己の価値観を対象に重ねることにも注意が必要だ。信仰／世俗、男／女、中央／少数民族といった単純な二元論では、複雑な現実をとらえきれない。礼拝を欠かさない敬虔な女子学生が体制の転換を望んでいたり、逆に、きわめて高い科学的教養をもつ女性が、文化的には体制の教説を内面化していたりするといった事例に、虚を衝かれることもあった。バスィージの隊員は四割が女性で、巡回ワゴンで補導に辣腕を振るうのはたいてい女性隊員だとも聞く。いつも割り切れない複雑さが、イランの「おもしろさ」でもあるだろう。

イスラエルを非難する会見で、「喜べ、残虐者は目的地に着かぬ」という詩聖ハーフェズの句を引いたライシ大統領は、二四年五月、みずから託宣を成就するかのように霧の山中へと消え、テヘランでは花火が上がるなど反体制派が歓喜に沸いた。かわって七月の大統領選では改革派のペゼシュキヤーンが勝利した。改革派の出馬が認められたこと、そして、多くの反体制派が選挙をボイコットするなか、保守派を破って当選したことは、驚きをもって迎えられた。「医師」という意味の苗字どおり、公立病院の心臓外科医として働いてきた彼の、腐敗と縁遠い質朴な人柄も期待を集めた。

ペゼシュキヤーンの選挙キャンペーンの標語は《バラーイェ・イラン》――イランのために――であった。マフサの死後すぐに哀悼の辞をツイートした彼は、道徳警察の横暴に対して「いまに大地が裂け、恥を知るものは奈落に落ち行かねばならない」とまで批判している。責めを負うべきは少女ではなく、人々の心をかくまで信仰から引き離した体制の強硬な政策である、というのが彼の理路だ。クルド人の町マハーバードで、アーゼリー人の父親とクルド人の母親のもとに生まれた彼は、両親の言語に通じ、少数言語の教育にも意欲を見せている。演説ではコーランを縦横無尽に引用するかたわら、好んでアーゼリー語のことわざも織り交ぜた。融和と改革を掲げる彼は、この多難な国を治療できるのか。それはこの本が出版されたあと、徐々に明らかになることであろう。

＊

訳者あとがきの執筆にあたって多くの文献・時評を参照したが、紙幅の都合上、長大な文献表を付すことはできない。とりわけ多くを学ばせていただいた文献を、何点か挙げておく。

まず、多角的でバランスの取れた時評を連載しているサイトとして、The Arab Gulf States Institute in Washington の Ali Alfoneh 氏の論考集、および Clingendael Institute のページ内の連載 Iran in Transition が、概説として有益だった。政教分離や宗教実践に関する世論調査についてはＢＢＣペルシアのリークを参照（Nazarsanji-ye mahramāne-ye hokumat-e irān, https://www.bbc.com/persian/articles/cmlgi8j3xl1o）。女性問題については日本語の研究が充実している。女子教育については桜井啓子氏の論文（『イスラームの性と文化』所収）、家族法については貫井万里・森田豊子両氏の論文（『現代アジアの女性たち』所収）、ヘジャブと女性運動の歴史については中西久枝氏の『イスラムとヴェール』がいまでも参考になる。クルド人の問題についてはMostafa Khalili氏の参与観察にもとづく論考群が、現状の多面性をとらえていて学びが多い。現地の様子を聞かせてくれたイランの知人にも感謝したい。

*

ペルシア語の日本語表記については、以下のような基準を設定した。

①すでに報道で広く定着している表記がある語は、慣用に従う。例:Raʾīsī「ライシ」（ライースィー）、Mahsā Amini「マフサ・アミニ」（マフサー・アミーニー）、hejāb「ヘジャブ」（「ヒジャブ」という表記もよく目にするが、これはアラビア語発音の「ヒジャーブ」に由来するため、本書ではペルシア語発音の「ヘジャーブ」により近い「ヘジャブ」を採用した）。

②宗教用語は、ペルシア語ではなくアラビア語発音を採用する。例：sayyid「サイイド」（セイイェド）、imām「イマーム」（エマーム）。

③慣用的な表記が確立していない単語に関しては、一般読者の読みやすさを優先し、長音符号（ー）はなるべく減らす。ただし、とくに長く発音される長母音 ā は、つねに長音符号で転写する。長母音 ī や ū は、ā に比べて短く発音されるため、長音符号は省略する。例外として、アクセントのある最終音節の長母音のみは、つねに長音符号を残す。例：Nīlūfar「ニルファル」（ニールーファル）、Balūchestān「バルチェスターン」（バルーチェスターン）、Balūch「バルーチ」（バルチ）。

※「女性、命、自由」の「命（ゼンデギー）」は、英語の life と同様、「人生」、「生活」、（死と対比される）「生」など、広い意味を含みもつ語である。本書では、編集者と相談の上、Black Lives Matter が「黒人の命は大切だ」などと訳されることも踏まえ、語感のよい「命」を訳語に採用した。

森 晶羽

二〇二四年八月

装丁：緒方修一
装画：IRANIAN WOMEN 1©Touraj Saberivand

〈エクス・リブリス〉
傷ついた世界の歩き方　イラン縦断記

二〇二四年　九月一〇日　印刷
二〇二四年一〇月　五日　発行

著　者　フランソワ＝アンリ・デゼラブル
訳　者　©　森（もり）　晶羽（あきは）
発行者　岩　堀　雅　己
印刷所　株式会社　三　陽　社
発行所　株式会社　白　水　社
東京都千代田区神田小川町三の二四
電話　営業部〇三（三二九一）七八一一
　　　編集部〇三（三二九一）七八二一
振替　〇〇一九〇‐五‐三三二二八
郵便番号　一〇一‐〇〇五二
www.hakusuisha.co.jp
乱丁・落丁本は、送料小社負担にてお取り替えいたします。

誠製本株式会社

ISBN978-4-560-09094-7

Printed in Japan